KB012128

이
멋진
세계에
축복을!
12 여기사
의
자장가

"저는 메구밍.
보다시피 홍마족이죠.
그리고 이 액셀 마을
제일의 마법사예요."

✤ 메구밍 ✤

"이 아이의 이름은
데스티네스 포드 실피나.
내 친척인데,
피치 못할 사정이 있어서
이 마을로 이사왔다."

"실피나라고 해요.
잘 부탁드려요."

✿ 다크니스 ✿

✿ 실피나 ✿

"그래, 나는 밝힌다!
그냥 확 인정해주마!
오늘은 너를 재우지 않을 거다."

"저와 동료 이상 연인 미만의 관계가
될 건가요?
안 될 건가요?"

이 남자가 청탁병탄이라는
말을 알려준 덕분에,
나는 제법 그럴듯한
위정자가 됐다고 생각한다."

"지켜야 할 것은
귀족의 긍지가 아니다.
힘없는 자들이야말로
지켜야 할 존재지.

이 멋진 세계에 축복을! 12

CONTENTS

여기사의 자장가

프롤로그
P011

제1장 이 병약한 사생아에게 평온을!
P013

제2장 이 벼락부자들에게 절망을!
P049

제3장 이 마음에 결판을!
P083

제4장 이 고아원에 사랑의 손길을!
P131

제5장 이 악마 백작과 향연을!
P163

최종장 이 크루세이더에게 에리스의 가호를!
P211

에필로그 ——— 이대로 쭉
P249

후기
P262

여기사
의
자장가

이 멋진 세계에 축복을! 12

아카츠키 나츠메 지음

미시마 쿠로네 일러스트

이승원 옮김

Character

아쿠아

카즈마

직업 - 아크 프리스트
그 누구도 제어할 수 없는 물의 여신. 특기는 연회용 장기자랑.

직업 - 모험가
백수 기질이 있는 주인공. 행운 수치 하나만 비정상으로 높다.

다크 니스

메구밍

직업 - 크루세이더
방어 전문 마조히스트 여기사, 실은 귀족 가문 아가씨.

직업 - 아크 위저드
홍마족 제일의 천재. 폭렬마법 이외에는 전혀 흥미가 없다.

춈스케

바닐

크리스

젤 킹

연령 미상의 대악마. 위즈의 가게에서 일하고 있다.

은발도적단 두목. 다크니스의 절친.

혈색이 좋고 외모는 다크니스를 닮은 여자애가 모험가 길드 한가운데에서 환하게 웃고 있었다.

"역시 라라티나 양을 많이 닮았네! 저기, 이 언니에게 사실대로 말해줄래? 이 애 아빠는 대체 누구니?"

그 미소에 반해버린 한 여자 모험가가 술잔을 한 손에 든 채 다크니스에게 그런 농담을 건넸다.

"이익, 이 주정뱅이들이 정말……! 어이, 카즈마! 네가 이 녀석들을 어떻게 해봐라!"

술 탓인지 수치심 탓인지 아까부터 얼굴이 새빨갛던 다크니스가 나에게 도움을 청했지만—.

"내 애다!"

"이 자식, 죽고 싶으냐?! 상황을 더 복잡하게 만들지 말란 말이다!"

내가 그 여자 모험가를 향해 엄지를 치켜들며 그렇게 말하자 다크니스가 나에게 달려들었다.

여자애는 그런 나와 다크니스를 쳐다보면서 웃음을 흘렸다.

그러자 주위에 있던 거친 모험가들이 경찰에 잡혀가지 않을지 걱정이 될 정도로 헤벌쭉거렸다.

"저기, 카즈마. 슬슬 오늘의 VIP를 정하자!"

"VIP가 아니라 MVP야. 그리고 그거라면 당연히 나지."

내가 기분이 좋아 보이는 아쿠아를 향해 그렇게 말하니 메구밍이 으스대면서 참견했다.

"에이, 홍마족의 오의(奧義)를 선보인 제가 바로 오늘의 MVP가 아닐까요?"

"너는 재료를 섞기만 했을 뿐이잖아. 길드의 바텐더가 훨씬 잘할 것 같거든?"

메구밍은 언짢은 듯 볼을 부풀렸고—.

"흐음, 그럼 당사자에게 물어보도록 할까? 오늘 가장 활약한 모험가가 누구인지 말이야. 뭐, 답은 이미 나온 거나 다름없지 않겠어? 바로 나라고!"

내가 손가락으로 나 자신을 가리키면서 그렇게 말했다. 그리고 현재 길드에 시끌벅적한 연회가 벌어진 원인이자, 다크니스의 품에 안긴 채 즐겁게 웃고 있는 여자애에게 물었다.

"자, 누가 1등이라고 생각하니?"

내가 그렇게 묻자, 그 아이는 자신을 꼭 안고 있는 다크니스를 올려다보고—.

1

마치 중요한 임무를 맡은 것처럼 얼굴이 결의로 가득 찬 아쿠아가 이렇게 말했다.

"알려야 해⋯⋯. 길드 사람들에게 알려야 해⋯⋯!"

"기, 기다려라, 아쿠아! 내 말 좀 들어다오!

다크니스에게 딸이 생겼다.

"우선 길드 언니에게 보고해야지. 그리고 아쿠시즈교의 교회에 갔다가, 그 다음에는 채소 가게, 푸줏간 아저씨, 옆집에 사는 아줌마에게도⋯⋯!"

"아쿠아, 경솔한 행동을 하지 마라! 우선 이 애를 잘 보란 말이다!"

다크니스가 금방이라도 밖으로 뛰쳐나갈 것 같은 아쿠아를 잡으며 필사적으로 설득을 하고 있는 가운데, 나는 이런 사태를 초래한 아이를 쳐다보았다.

"······엄마?"

내가 그렇게 중얼거리자 여자애는 놀란 것처럼 몸을 부르르 떨었다.

우리의 시선이 향하고 있는 곳에는, 다크니스를 닮은 여자애가 자신이 뭔가 잘못을 한 걸지도 모른다고 생각하며 불안한 표정을 짓고 있었다.

외모를 보니 방금까지 이 집에 있었던 메구밍의 여동생, 코멧코보다 조금 어려 보였다.

그 애를 보면서도 어찌어찌 냉정함을 유지하고 있던 메구밍이 이렇게 말했다.

"뭐뭐뭐, 뭐, 귀족에게 있어 젊은 나이의 출산은 의무나 다름없으니까요! 그래도 머리카락과 눈동자만이 아니라 눈매도 엄마를 쏙 빼닮은 걸 보면 장래에 분명 미인이 될 거예요! 정말 잘 됐네요!"

"메구밍, 그런 게 아니다! 실은 다 이유가 있다······! 제발 부탁이니까 내 말 좀 들어다오!"

얼마 전의 일이다.

우리는 모험가 길드에 쌓여 있던 장기 숙성 퀘스트를 전부 해결했고 액셀 마을에 쌓여 있던 다양한 문제도 처리했다.

또한 활약상을 부풀려서 보고한 메구밍 때문에 우리를 엄청 대단한 모험가라 여기고 있던 코멧코의 기대에도 부응한 끝에, 드디어 평온한 일상을 되찾은 것이다.

그런데—.

"너, 또 새로운 속성을 늘린 거냐. 하지만 이번 속성은 너무 충격적이잖아……"

"아아아아, 아니란 말이다—!"

나는 자기를 쏙 빼닮은 여자애라고 하는 명백한 증거가 눈앞에 있는데도 끝까지 잡아떼고 있는 다크니스에게 말했다.

"……그래. 애초에 네 성적 취향을 생각해보면 이 나이에 처녀인 거 자체가 말도 안 되지! 이 엉덩이 가벼운 여자야! 대체 어디 사는 말 뼈다귀와 놀아난 거냐?!"

"이 자식, 확 죽여 버린다! 귀족 영애가 그렇게 간단히 몸을 허락할 리가 없지 않느냐!"

이 녀석, 몇 번이나 나와 그렇고 그런 짓을 할 뻔 했으면서 이제 와서 무슨 소리를 하는 거야?!

……하지만 이 아이에게는 아무런 잘못도 없다.

나는 당혹스러운 표정을 짓고 있는 여자애 앞에서 몸을 웅크린 후 안심시키려는 것처럼 미소를 지었다.

"아가씨, 이름이 뭐니?"

"앗! 아, 안 된다, 실피나! 내가 설명을 할 테니까……!"

다크니스가 허둥지둥 말리려 하는 가운데, 주위를 불안한 눈길로 쳐다보던 소녀는 손가락을 배배 꼬더니 부끄러워하며 중얼거리듯 말했다.

"더스티네스 포드 실피나."

"네 딸이 틀림없네."

"아냐! 이 애는 내 친척이다! 친척이니까 성이 같은 게 당연하지 않느냐!"

울상을 지은 다크니스가 나를 마구 흔들어대면서 호소하듯 그렇게 외쳤다―.

"―실피나, 여기 있는 사람들은 내 동료니까 안심해도 된다. 자, 인사를 하렴."

다소 진정한 우리는 메구밍이 끓인 녹차를 홀짝이면서 이야기를 듣기로 했다.

소파 한가운데에 앉은 소녀가 다크니스에게 재촉을 받더니 등을 꼿꼿이 세우고 몸을 일으켰다.

"실피나라고 해요. 엄마…… 라라티나 님의 친척이에요. 잘 부탁드려요."

자기 이름이 실피나라고 밝힌 이 여자애는 치맛자락을 살짝 들어 올리면서 살며시 고개를 숙였다.

나이에 비해 차분한 건 교육을 잘 받은 귀족 영애이기 때문일까.

"만나서 반가워. 이 오빠 이름은 사토 카즈마야. 네 엄마의 동료이며, 이 마을에서 모험가로서 활동하고 있어. 앞으로 나를 오빠나 아빠라고 불러줘."

"무슨 소리를 하는 거냐?! 실피나의 아버님은 살아계시다!"

나와 메구밍은 더스티네스 가문의 영애들과 마주보고 앉아 얼굴을 가까이한 채 속닥거렸다.

"카즈마, 카즈마. 어떻게 생각하죠? 다크니스를 축소하고 좀 조신하게 만든 듯한 여자애네요."

"머리 색깔, 눈동자의 색깔, 외모가 비슷하지만, 왠지 기품이 있어. 진짜로 다크니스의 딸이라면 좀 더 고집스럽고 드센 아이일 거야."

"어이, 너희 둘! 다 들린다! 아까부터 내가 친척이라고 말했지 않느냐! 실피나가 나를 엄마라고 부르는 건, 내가 이 아이를 어릴 적부터 계속 돌봤기 때문이란 말이다……!"

우리가 이렇게 다투고 있을 때, 실피나는 빙긋 웃음을 흘렸다.

그런 실피나를 본 메구밍은 어험 하고 헛기침을 한 후 이렇게 말했다.

"실피나라고 했죠? 저는 메구밍이에요. 보다시피 홍마족이죠. 그리고 이 액셀 마을 제일의 마법사예요."

"메구밍 님……."

어린 아이 앞이라 그런지 평소처럼 자기소개를 하는 것을 자제한 메구밍이 그렇게 말하자, 실피나는 눈을 동그랗게 떴다.

아마 홍마족 특유의 독특한 이름에 흥미가 생긴 것이리라.

실피나가 메구밍의 말을 농담으로 받아들일지 말지 고민하고 있는 사이, 다크니스가 그녀의 머리에 손을 얹고 말을 이었다.

"다시 소개하마. 이 아이의 이름은 더스티네스 포드 실피나. 내 친척인데, 피치 못할 사정이 있어서 이 마을로 이사 왔다……."

─다크니스의 설명에 따르면 이 아이는 어릴 적에 어머니를 여의었으며, 그런 자신을 여러모로 챙겨준 다크니스를 어머니처럼 따른다고 한다.

참고로 다크니스의 어머니는 이 아이 어머니의 친 언니이고, 어머니 쪽 혈통은 강한 마력과 마법저항력을 지니는 대신에 몸이 약해서 이 애도 병약하다고 했다.

그리고 다크니스는 아버지 쪽 혈통의 튼튼한 육체와 어머니 쪽 혈통의 강력한 마법저항력을 물려받았다. 즉 두 부모님의 장점만을 계승한 더스티네스 가문의 하이브리드라고 한다.

"하이브리드……?"

"시, 시끄럽다, 카즈마. 불만이라도 있느냐? 괜한 소리 하지 말고 내 말을 끝까지 들어라!"

요즘 들어 마왕군이 활발하게 침공을 해오면서 병약한 실피나를 그때마다 대피시키는 게 이 아이의 몸에 부담이 됐다.

그래서 다크니스의 제안으로 이 세상에서 가장 안전한 곳이자 풋내기 모험가의 마을인 이곳, 액셀로 이사시킨 것 같았다.

그리고 다크니스의 아버지에게서 이 저택에 대한 이야기를 듣고 이렇게 놀러온 것이다.

"……흐음, 꽤 잘 만든 설정이네."

"확실히 전체적으로 무난한 설정이네요."

"설정이 아니다! 이 애의 나이를 생각해봐라! 대체 내가 몇 살 때 애를 낳은 것이냔 말이다!"

……격앙된 다크니스를 보고 눈을 동그랗게 뜬 실피나가 갑자기 웃음을 터뜨렸다.

그리고 우리가 주목하고 있다는 것을 눈치챈 그 아이는 허둥지둥 고개를 숙였다.

"죄, 죄송해요. 엄마…… 라라티나 님이 이렇게 즐거워하시는 모습을 처음 봐서……."

"딱히 즐거워한 적 없다! 그리고 실피나는 이 남자에게 절대 다가가지 마라. 아이리스 님처럼 나쁜 영향을 받을지도 모르니까 말이다."

다크니스는 그렇게 말하고 실피나를 나에게서 감싸듯 자신의 등 뒤에 감췄다.

"아가씨 이름은 실피나구나. 네 엄마는 말이지, 입으로는 저런 소리를 하지만 이 오빠가 목욕을 하고 있을 때 난입을 하지 않나, 밤에 내 방에 몰래 숨어들어온 적도……."

"실피나, 듣지 마라! 메, 메구밍이 변호 좀 해다오!"

다크니스가 실피나의 두 귀를 허둥지둥 막자 메구밍은 어이없다는 표정을 짓고 딱 잘라 말했다.

"전부 사실이잖아요?"

"메, 메구밍!"

바로 그때였다.

우리를 쳐다보며 즐거운 듯이 웃고 있던 실피나가 갑자기 기침을 하기 시작했다.

"……실피나, 우리 집에서 이 저택까지 걸어온 거지? 몸이 약하니까 무리를 하지 마라. 아버님께는 내가 이야기를 해 둘 테니, 오늘은 여기서 자고 가도록 하렴. 자, 한동안 이 소파에서 쉬거라."

"예, 죄송해요. 엄…… 라라티나 님……."

실피나가 연이어 기침을 하며 자신에 대한 호칭을 바꾸자 다크니스는 상냥함이 섞인 쓴웃음을 지었다.

"정말, 엄마라고 불러도 된다. 하지만 이 자리에 있는 이들 이외의 다른 사람들 앞에서는 이름으로 부르렴."

"예, 엄마!"

실피나는 그 말을 듣더니 괴로워하면서도 미소를 지었다.

훈훈하네…….

나와 메구밍이 이 두 사람을 보면서 눈시울이 뜨거워지는 것을 느끼고 있을 때, 다크니스가 뭔가 생각난 듯한 반응을 보였다.

"맞아. 너무 괴롭다면 아쿠아에게 회복마법을 걸어달라고……."

하지만 말을 하다 멈춘 그녀는 주위를 둘러보기 시작했다.

"……응? 어이, 카즈마. 아쿠아는 어딜 간 거지? 왠지 말이 없다 싶더니, 어느새 모습이 보이지 않는구나."

다크니스는 이제 와서 그런 소리를 했고 나는 현관을 손가락으로 가리켰다.

"네가 설명을 시작하기도 전에, 현관으로 몰래 나가던걸?"

2

실피나는 저택을 뛰쳐나가는 다크니스를 배웅한 후 작은 목소리로 중얼거렸다.

"……엄마가 가버렸어."

소파에 앉아서 모포를 몸에 두른 실피나의 뒷모습에서는 못난 어머니를 둔 자식처럼 애수가 묻어나고 있었다.

"그 녀석은 이렇게 조그마한 애를 홀로 남겨두고 대체 어디 가버린 거야⋯⋯."

"⋯⋯실피나라고 했죠? 다크니스는 잠시 후에 돌아올 거예요. 그때까지 저희와 놀지 않겠어요?"

여동생인 코멧코 덕분에 어린 아이를 다루는 데 익숙한 메구밍이 상냥한 미소를 머금으며 그렇게 말했다.

"예!"

실피나는 혈색이 나빠서 파랗게 질린 얼굴로 우리를 쳐다본 뒤 왠지 덧없어 보이는 미소를 지었다.

"—다녀왔어요~."

현관문을 연 메구밍이 그런 말을 하며 들어왔다.

"어서 와요, 당신. 마을 밖은 어땠던가요?"

소파에 앉은 실피나가 모포를 두른 채 미소를 지었다.

지금 우리가 하고 있는 것은 바로 소꿉놀이였다.

"그게 말이죠. 야생 드래곤이 스무 마리 정도 어슬렁거리고 있어서 가볍게 손봐주고 왔어요. 뭐, 준비운동도 안 됐지만요."

아빠 역할인 메구밍이 그렇게 말하자 엄마 역할인 실피나는 자신의 옆에 앉아있는 나를 돌아보면서 이렇게 말했다.

"카즈마, 들었죠? 어른이 되면, 당신도 아버님처럼 멋진 모험가가 되세요."

그렇다. 두 사람의 아들 역할은 바로 나다.

　아무래도 나는 대단한 모험가를 아버지로 둔 용사라는 설정 같았다.
　보통은 메구밍이 엄마 역할, 그리고 내가 아빠 역할을 해야겠지만—.
　"나, 장래에는 위험한 일을 하는 모험가가 아니라 장사꾼이 되어서 남을 턱짓으로 부리며 떼돈을 벌고 싶어. 위험한 일은 하고 싶지 않거든."
　"예?"
　실피나는 내 대답이 뜻밖이었는지 눈을 치켜떴다.
　"아, 안 돼요, 카즈마! 무슨 소리를 하는 거죠?! 당신은 전설의 용사의 피를 이어받은 남자잖아요? 세상 사람들이 마왕 때문에 고생하고 있단 말이에요! 이 엄마는 절대 허락 못해요! 당신도 한 마디 해주세요!"
　맙소사. 나는 전설의 용사의 후예인 거냐.
　실피나는 난처한 표정을 짓고 도움을 요청하듯 메구밍을 쳐다보았다.
　"진정하세요, 실피나. 그게 현실적인 장래희망이긴 하잖아요. 설령 싸움에 재능이 있더라도, 부모로서는 자식에게 위험한 일을 시키고 싶지 않아요. 우리 아이가 행복해지기만

한다면 그걸로 충분하지 않나요?"

메구밍이 뭘 잘못 먹은 것처럼 그런 지당한 말을 하자 실피나는 여전히 당황스러워하면서도 납득했다.

"그, 그것도 그렇군요……. 그럼 카즈마. 하다못해 대단한 상인이 되어서, 장사로 번 돈으로 다른 용사들을 지원해주세요."

귀족의 딸로서 자라온 실피나는 아직 어리지만 자식인 나에게 어엿한 목표를 세워줬다.

그러나—.

"나, 장사로 번 돈과 인맥으로 머리 나쁜 귀족 영애를 농락해서 지위와 권력을 손에 넣을 거야. 그리고 많은 사람들에게 떠받들어지면서 유유자적한 생활을 하고 싶어."

"당신, 카즈마가……! 우리 아들이 삐뚤어졌어요!"

"진정하세요, 실피나. 이 애는 옛날부터 이런 애였어요. ……하지만 카즈마, 귀족 아가씨를 농락하는 건 허락할 수 없군요. 평민 출신인 당신은 신분 차이 때문에 고뇌하며 힘들어할 거예요. 그러니 가난하더라도 생활력이 뛰어나고, 지적이며 마음이 넓은 여성을 아내로 맞이하세요."

너는 왜 그렇게 초점을 벗어난 설교를 하는 거야.

"카즈마, 들었죠?! 아버님의 말을 들으세요."

실피나는 그렇게 말하고 소파 위에서 내 머리를 쓰다듬어줬다.

어린아이가 나를 타이르는 모습을 본 메구밍이 고개를 돌린 채 어깨를 부르르 떨었다.

아무래도 웃음을 참고 있는 것 같았다.

"그럼 나는 오늘 밤에 아버님과 같이 자고 싶어. 그리고 내가 잠들 때까지 아버님이 자기 모험담을 들려주는 거야."

"어?"

내 느닷없는 반격에 메구밍이 놀란 가운데 실피나는 좋은 생각이라는 듯 가볍게 손뼉을 쳤다.

"그래요. 당신, 오늘 밤에는 이 아이와 같이 자면서, 모험가의 마음가짐을 가르쳐주세요. 저도, 엄마…… 라라티나님과 함께 자도록 할게요."

실피나는 그렇게 말한 뒤 약간 들뜬 표정으로 환한 미소를 지었다.

아무래도 다크니스와 같이 자기 위한 구실이 필요한 것 같았다.

소파 위에서 목덜미까지 모포로 감싸서 마치 우비를 입고 있는 것처럼 보이는 실피나가 빙긋 웃는 모습을 보니, 내가 로리콤이 아니라는 자부심이 아주 약간 옅어지고 말았다.

아니다. 이것은 자식 사랑이라는 것이다. 결단코 엉큼한 마음이 아니다.

메구밍도 나와 같은 심정인 건지, 무의식적으로 실피나의 머리를 쓰다듬어줬다.

실피나가 어리둥절한 표정을 짓자 메구밍은 작은 목소리로 중얼거렸다.

"아이를 가지는 것도 나쁘지 않을 것 같네요."

하지만 메구밍은 곧 화들짝 놀라더니 얼버무리려는 것처럼 손을 내저었다.

"오, 오해하지 마세요. 이윽고 찾아올 제 육체의 소멸에 대비하기 위해, 자신의 분신을 이 세상에 남겨두는 것도 나쁘지 않을 것 같다고 생각했을 뿐이에요⋯⋯!"

마치 자기에게 어울리지 않는 소리를 했다고 생각한 메구밍이, 필사적으로 중2병 발언을 늘어놓으며 허둥대는 가운데—

"아이를 가지고 싶어지면 언제든 말해. 내가 두 팔 걷어붙이고 협력해줄게."

"이 남자, 이렇게 조그마한 애 앞에서 방금 당치도 않은 소리를 지껄였어요!"

3

그날 밤.

"실피나. 오늘은 저 두 사람과 같이 놀았다지? 뭘 하면서 놀았느냐?"

그 후 허둥지둥 아쿠아를 끌고 온 다크니스가 개구리 고기 스테이크에 포크를 찔러 넣으면서 상냥한 목소리로 실피나에게 질문을 던졌다.

"아, 두 분과 소꿉놀이를 하며 놀았어요."

액셀의 명물 요리에 익숙하지 않은지 스테이크와 씨름 중인 실피나는 환한 미소를 지었다.

모녀지간이라기보다 자매 같은 두 사람을 쳐다보면서—.

"그런데 너는 대체 뭘 하고 있는 거야?"

나는 바닥에서 무릎을 꿇은 채 반성 중인 아쿠아에게 물었다.

아쿠아는 내 말을 듣더니 기다리고 있었다는 것처럼 시끄럽게 떠들어대기 시작했다.

"카즈마, 내 말 좀 들어봐! 다크니스가 말이지? 모험가 길드에서 이야기 좀 퍼뜨렸다고 엄청 화를 내지 뭐야. 다크니스에게 잡혀서 쥐어 박힐 때마다 힐로 치료하며 태연한 표정을 지으니까, 가문의 권력을 써서 모든 술집에 나한테 술을 팔지 않도록 압력을 가하겠다고 협박을 했어. 나는 내가 본 걸 말했을 뿐인데, 너무하지 않아?"

"모험가 길드에 들어서자마자 축하한다는 말을 들은 사람 입장에서 생각해봐라! 주정뱅이 모험가들에게 놀림을 당하는 걸로 모자라, 길드 여성 직원은 질투를 해댔단 말이다! 게다가 아버님은 상대가 누구인지 나에게 물어보기까지……."

실피나는 그 말을 듣고 미안해하듯 고개를 푹 숙였다.

"전부 저 때문이에요. 정말 죄송해요, 엄마……. 오랜만에 만났더니, 너무 기뻐서 그만……."

"아, 아니다, 실피나! 나는 아이들을 좋아하고, 너를 폐가 된다고 생각한 적은 결단코 없다! 그저 남들이 네 아버지가 누구인지 멋대로 예상을 하며 나를 하도 놀려대서 이러는 것 뿐이지……."

그렇게 말한 다크니스가 나를 힐끔힐끔 쳐다보았고—.

"1순위가 카즈마 씨였고, 2순위는 어딘가로 사라져버린 그 곰 같이 생긴 영주 아저씨였어. 그리고 또 누구였더라? 맞아, 다크호스인가 뭐시기인가 하는 금방 양아치도 후보로 거론됐어!"

"내가 이런 말을 하는 것도 좀 그렇지만, 너는 정말 변변 찮은 남자들하고만 이상한 소문이 나네."

"시끄럽다! 네가 그딴 소리 하지 마라!"

—저녁 식사를 마친 우리는 다 같이 실피나의 주위에 둘러앉아서 지금까지 했던 모험 이야기를 해주거나, 아쿠아가 소중히 여기던 게임기를 꺼내 와서 함께 즐겼다. 그렇게 평온한 시간이 흐른 후…….

내가 아쿠아에게 빼앗은 게임기로 놀고 있을 때 누군가가 방문에 노크를 했다.

"카즈마, 아직 안 자죠? 방에 들어가도 될까요?"

문밖에서 들려온 것은 왠지 상기된 듯한 메구밍의 목소리였다.

"아직 안 자는데, 네가 내 방에 들어오는 건 좀 그래. 너는 이런 시간대에 나를 찾아오면 항상 나를 마구 가지고 놀면서 애간장을 태운 다음에 확 돌아가 버리잖아."

"잠깐만요, 사람을 악랄한 꽃뱀처럼 여기지 마세요! 딱히 가지고 놀거나 애간장만 태운 적 없어요!"

그럼 너는 상당한 악녀라고 주장하고 싶다.

나는 플레이 중인 게임기를 쥔 채, 문틈으로 고개를 내민 메구밍을 이불 속에서 힐끔 쳐다보았다.

"그런데, 무슨 일이야? 혼자서는 잠이 안 와서 나와 같이 자러 온 거야?"

내가 그렇게 말한 후 다시 게임기를 쳐다보며 게임을 플레이하기 시작했을 때—

"맞아요. 오늘밤은 카즈마와 같이 잘까 해서요."

메구밍이 당연한 소리를 하는 듯한 어조로 그렇게 말했다.

내가 그 말을 듣자마자 무심코 얼어붙은 사이, 게임기에서는 아쿠아가 소중히 길러온 게임 캐릭터가 몬스터에게 참혹하게 살해당하고 말았다.

4

"너의 그런 말에 더는 놀아나지 않을 거야. 나는 학습능력을 지니지 못한 아쿠아와는 다르거든. 아무리 내가 총각 딱지 못 뗀 사춘기 소년이라도, 그런 달콤한 말에 간단히 속을 거라고 생각하지 말란 말이야."

그렇다. 나에게는 만인의 연인인 서큐버스 씨가 있는 것이다.

어제 이 녀석에게 동료 이상 연인 미만의 관계가 되고 싶다는 말을 듣고 한숨도 잠을 자지 못했지만, 나도 바보는 아니다.

몇 번이나 똑같은 짓을 당했으니까…….

"무슨 소리를 하는 거예요. 오늘 밤에 같이 자자는 말을 한 사람은 카즈마잖아요. 실피나와 소꿉놀이를 하면서 했던 말을 벌써 잊은 건가요?"

메구밍이 어이없다는 어조로 그렇게 말하자 나는 게임기를 놓쳤다.

말했다.

그래. 말했어. 분명 말했다고!

……잠깐만 있어봐. 아직 허둥댈 때가 아냐!

"자, 잠깐만요. 왜 그렇게 경계하는 거죠? 요즘 들어 카즈마도 꽤 마음이 있는 것처럼 행동했으면서, 왜 이렇게 삐친 거죠?"

메구밍이 당황한 어조로 그렇게 말하면서 나에게 다가왔지만—.

"삐친 거 아냐~. 이럴 때마다 결국 아무것도 못하는 3류 러브코미디의 주인공이 된 것 같아서 열 받았을 뿐이라고! 나는 하고 싶은 게 많은 나이대란 말이야. 너도 그렇고, 다크니스도 순진무구한 동정 소년을 가지고 노는 게 그렇게 재미있냐? 한번 발동이 걸린 남자애는 말이지? 거시기가 거시기해져서 괴롭다고."

"저, 저기, 저는 그저 호의를 전하거나, 스킨십을 나누려고 했을 뿐인데, 그렇게 괴로운 줄은 몰랐어요. 그, 그 점은 사과할게요……."

내가 느닷없이 화를 내자 당혹스러운 표정을 지은 메구밍이 식은땀을 흘리면서 변명했다.

"알았으면 빨리 나가. 네가 이상한 소리를 하니까 아쿠아가 열심히 키운 캐릭터가 숨을 거뒀다고. 오늘 밤 안에 같은 수준까지 키워놓지 않았다간, 꼭두새벽부터 대성통곡을 하는 아쿠아를 보게 될 거야."

"자, 잠깐만요. 오늘은 중요한 이야기를 하러 왔어요! 제발 부탁이니까 쫓아내지 말아주세요! 그리고 게임보다 못한 취급을 당하니 엄청 열 받거든요?!"

메구밍은 물고 늘어졌고 나는 침대에서 몸을 일으켰다.

"뭐야. 그냥 내 옆에서 잠만 자기만 할 거면 그냥 돌아가. 그런 건 젊은 남자애한테는 일종의 고문이야. 거시기가 거시기해지고, 마음도 거시기해지거든. 또 그럴 바에야 나는 혼자 자는 걸 선택하겠어."

"……항상 어중간하게 기대하게 만든 저한테도 잘못이 있긴 하지만, 이만큼이나 삐친 줄은 몰랐어요. 그럼 같이 자는 건 포기할 테니까, 잠시 이야기만이라도 나누지 않겠어요?"

…………

"그건 그것대로 좀 아쉽다고 할까, 쓸쓸하다고 할까……."

"카즈마도 정말 성가신 사람이군요! 아무튼 잠시 실례할게요!"

메구밍이 손을 등 뒤로 돌려서 문을 닫더니 성큼성큼 나에게 다가와 침대에 걸터앉았다.

그렇게 기세가 등등하던 메구밍은 갑자기 고개를 숙이며 침묵에 잠겼다.

뭔가 할 말이 있는 것 같지만 침묵에 잠긴 그녀의 얼굴은 점점 새빨갛게 변했고—.

"어이, 왜 얼굴을 붉히는 거야. 이러지 말라고. 할 말이 있으면 빨리 해. 너는 왜 요즘 들어 내 심장에 나쁜 영향을 끼치는 행동만 취하는 건데?! 네가 이러니까 내 마음이 거시기해지는 거라고!"

"자, 잠깐만요! 너무 재촉하지 마세요! 우선 잡담이라도 좀 나눠요! 서두르지 말고, 우선 평범한 대화를 나누잔 말이에요."

메구밍은 새빨개진 얼굴을 들지 못한 채 그렇게 말했다.

"너란 애는 정말⋯⋯! 한밤중에 내 방에 쳐들어온 애와 왜 잡담을 나눠야 하는 건데?"

메구밍은 자신이 바보 같은 소리를 했다는 사실을 눈치챘는지 눈동자가 새빨개진 상태에서 허둥거렸다.

"마, 맞아요! 아이리스와는 결국 어떻게 됐나요? 코멧코 때문에 대충 넘어갔었는데, 대체 어쩌다 저희를 버리고 성에 남기로 한 건지 신경이 쓰이네요."

이 녀석, 다 끝난 이야기를 다시 언급하는 거야.

그때는 기억을 잃는 포션 탓에 세세한 부분까지 생각이 나지 않으니 나중에 이야기하자는 식으로 둘러대면서 넘어갔었는데⋯⋯.

"그게 말이지. 여동생이라 여기는 아이리스가 울면서 매달렸거든. 울먹거리면서 오라버니, 사랑해요, 정말 좋아해요, 성에 남아주지 않으면 확 죽어버릴 거예요 같은 말을 하니까 마음이 움직이더라고."

"카즈마는 정말 쉬운 남자네요. 그것보다 그 아이가 진짜로 사랑한다, 성에 남아주지 않으면 확 죽어버리겠다, 같은 소리를 했나요?"

기억을 잃는 포션 탓에 세세한 부분이 나에게 호의적으로 수정되었을지도 모르지만 대충 그런 느낌이었을 것이다.

그것보다—.

"아아아아아아아, 큰일 났다아아아아아아아!"

나는 어떤 사실을 떠올린 후 그대로 침대에서 벌떡 일어났다.

"가, 갑자기 뭐하는 거죠?! 이런 늦은 시간에 떠들지 마세요! 누가 이 방에 오기라도 하면 어쩔 건데요?!"

"그게, 아이리스를 완전히 깜빡하고 있었어! 기억을 잃는 포션을 마시기 직전에 아이리스가 나한테 말했어. 자기가 생각나면 편지를 보내달라고 말이야! 내 편지를 기다리고 있겠다고 말했었다고!"

큰일 났다. 빨리 편지를 써서 보내야겠다.

아이리스가 세상을 비관하며 극단적인 짓을 벌일 수도 있으니까.

나는 편지를 쓰기 위해 허둥지둥 책상 쪽으로 향했지만—.

"잠깐만요."

침대에 걸터앉아있던 메구밍이 내 옷자락을 움켜잡았다.

"뭐야. 너와 잡담을 나눈 덕분에 중요한 게 생각났거든? 급한 일이 생겼으니까 방해하지 마."

"한방에 같은 또래 여자애가 있는데, 그 여자애 앞에서 다른 애에게 보낼 편지를 쓰는 건, 어찌 보면 엄청 대단한 일이라고 생각해요! 그리고 말이죠……."

메구밍은 옷자락을 움켜쥔 채 각오를 다진 것처럼 고개를 들었다.

"어젯밤에 제가 했던 말을 기억하나요?"

붉은 눈동자가 평소보다 더 반짝이고 있는 메구밍은 귀까지 새빨개진 상태로 나를 쳐다보았다.

"동료 이상, 연인 미만 어쩌고 하는 거 말이야?"

그것을 잊었을 리가 없다.

메구밍이 그런 말을 해서 나는 어젯밤에 좀처럼 잠들지 못했으니까 말이다.

내가 상기된 목소리로 그렇게 말하자 메구밍은 새빨개진 얼굴을 끄덕였다.

"그래요. 동료 이상 연인 미만이 되고 싶다는 말을 제가 했었잖아요. 오늘은 그 말의 대답을 들으러 온 거예요."

……어라.

"어젯밤의 그 말은 네 나름의 어프로치였던 거야? 내 대답도 듣지 않고 확 도망쳐버리는 방치 플레이 아니었어? 악녀인 네가 개발한 새로운 놀이인 줄 알았는데 말이야."

"카즈마는 제가 그런 악녀라고 생각하는 건가요?! 저는 남의 마음을 가지고 놀지 않아요!"

그렇게 주장할 거면 스스럼없이 나한테 들러붙거나, 어프로치만 하고 내빼는 행동은 자제해줬으면 좋겠다.

"자, 대답해주세요."

메구밍은 그렇게 말하면서 붉은 눈동자를 반짝이며 나를 향해 얼굴을 내밀……!

"어이, 너무 가깝잖아! 어, 얼굴이 가깝다고! 어, 잠깐만 있어봐. 그럼 내가 사귀겠다고 말하면 나와 메구밍은 연인 사이가 되는 거야? 그럼 동료 이상 연인 미만은 뭔데? 그냥 연인이면 되는 거잖아! 왜 그렇게 중요한 부분을 대충 넘어가려고 하는 거냐고!"

"아, 연인 사이가 되면 다른 동료들을 어떻게 대해야 할지 모르겠거든요. 느닷없이 애정행각을 벌이는 게 아니라, 한 걸음 한 걸음 차분하게……."

메구밍은 이제 와서 자기가 한 말 때문에 부끄러운 건지 몸을 배배 꼬았다.

"어이, 여자애 같은 반응 보이지 말아줄래? 진땀이 날 것 같으니까 관둬!"

"여자애 맞거든요?! 연령으로 봐도 여자애 이외의 그 무엇도 아니라고요! 카즈마는 지금까지 저를 대체 뭐로 여긴 거죠?!"

지금까지 항상 솔직담백하게 행동하던 메구밍이 느닷없이 이런 태도를 취하니 당황스러웠다.

"……너, 혹시 좀 초조한 거야? 설마 아이리스 때문에 조바심이 난 건 아니지? 냉정하게 생각해봐. 나는 그렇게 어린 애를 건드릴 정도의 쓰레기는 아니라고."

"저희를 내버려두고 성에 남았던 사람이 무슨 소리를 하는 거죠? 솔직히 말해 좀 초조하긴 해요. 지금은 차분하게 이야기하고 있지만, 카즈마한테서 돌아오지 않겠다는 연락을 받았을 때는 눈물이 날 뻔 했단 말이에요. 제발 부탁이니 너무 걱정을 끼치지 말아주세요."

감정이 격앙된 건지 메구밍의 붉은 눈동자가 지금까지 본 적 없을 만큼 찬란히 빛나고 있었다.

이 녀석의 붉은 눈동자는 예전에도 몇 번이나 봤지만 이렇게 선명하게 빛나고 있는 모습은 본 적이 없다.

"게다가 제가 얼간이 마법사라는 건 이미 알고 있거든요? 그런데 제대로 된 애, 그것도 캐릭터성이 겹치는데다, 엄청 세고 마음도 한결 같은 애가 나타났으니……!"

메구밍은 그렇게 말하고 흥분한 것처럼 내 멱살을 움켜잡았다.

큰일 났다! 공격색을 띄었어!

"아, 알았어! 내가 잘못했다고! 그 때는 내가 전면적으로 잘못했어! 사과할게! 진짜 미안해! 잘못했습니다!"

내가 완전히 움츠러든 상태에서 사과했지만 붉은색 눈동자는 여전히 찬란하게 빛나고 있었다.

"그럼 어떻게 할 거죠? 저와 동료 이상 연인 미만의 관계가 될 건가요? 안 될 건가요?"

메구밍은 진지한 표정을 짓고 약간 화난 어조로 그렇게 말했다.

이렇게 색기라고는 눈곱만큼도 없는 고백도 존재하는구나.

메구밍은 고백을 한다기보다 협박에 가까운 어조로 그렇게 말하면서, 나를 향해 얼굴을 내밀었다.

하지만 나는 대답을 하기 전에 미리 확인해둬야 할 일이 있었다.

"동료 이상 연인 미만은 어디까지 오케이인 건데? 뭐, 이것저것 있잖아? 너도 알지?"

내가 그렇게 말하자 메구밍은 귀까지 벌게진 채 고개를 숙였다.

"알아요. 안다고요. 그러고 보니 그런 건 한 적이 없네요. 좋아요. 하죠. 지금은 시간이 너무 늦었으니까 내일 아침 일찍 말이에요!"

시간이 너무 늦었으니까?

내일 아침?

"저기, 늦은 시간이니까 그런 걸 할 수 있는 거 아냐?"

"……잠깐만요, 카즈마. 저희 둘 사이에 생각의 차이가 존재하지 않나요? 카즈마가 말한 그런 건 대체 어떤 거죠? 일전에도 이런 일이 있었던 것 같은데, 대체 뭘 하려던 작정이었는지 하나~ 둘~ 셋~에 말해주세요."

하나~ 둘~ 셋~.

"아이 만들기."

"데이트."

아하, 그러고 보니 제대로 데이트를 한 적이 없구나.

"어이."

메구밍은 진지한 표정으로 태클을 날렸고 나는 납득을 했다는 듯 손뼉을 쳤다.

"맞아. 제대로 데이트를 한 적이 없구나. 데이트도 안 하고 연인이 되는 건 좀 이상하긴 해."

"뭐요?! 아이 만들기?! 좋아요, 어제 엄마가 했던 말 때문에 이러는 건 아니지만, 제대로 책임만 져준다면 해요! 아니, 속도위반 결혼 같은 걸로 어처구니없이 부부가 되는 것도 우리다울지 몰라요……."

메구밍이 뭔가를 깨달은 표정을 짓더니 한숨을 내쉬면서 이렇게 말했다.

"……으음, 속도위반 결혼이라는 말을 들으니 좀 부담이 느껴지네."

"잠깐만요. 저번에 묵었던 여관에서 저와 선을 넘으려고 했을 때, 「나도 메구밍을 좋아해」 같은 말을 했었잖아요!"

그러고 보니 그런 적도 있었지.

그때는 메구밍의 색기에 완전히 사로잡힌 나머지, 책임을 지자는 생각도 했었다.

"그건 그거, 이건 이거야. 너 때문에 어젯밤에는 한숨도 못 잤으니까, 낮에 실피나와 소꿉놀이를 마친 후에 잠시 외출했었어. 그래서 특별 요금까지 내며 낮잠을 자고 왔지."

"낮잠과 지금 언동 사이에 대체 어떤 관계가 있죠?! 무슨 말을 하는 건지 모르겠다고요!"

남자에게는 현자 타임이라는 게 있다.

내 이름은 사토 카즈마.

한 때의 색기나 감정에 휘둘리지 않으며 함부로 막중한 책임을 지지도 않는 남자다.

"메구밍은 지금 몇 살이지? 곧 열다섯 살이 된다고 하지 않았어? 저기, 느닷없이 아이 만들기, 결혼! 같은 게 아니라, 순수한 관계로부터 시작하는 편이 좋을 거라고 봐. 냉정하게 생각해보니 우리는 아직 데이트도 한 적이 없는데, 분위기에 휩쓸려서 애를 만들고 그대로 속도위반 결혼을 하는 건 자식을 위해서도 좋지 않은 것 같습니다."

"아이 만들기를 하자고 한 사람은 바로 카즈마잖아요!"

메구밍은 그런 소리를 하면서 화를 냈지만—.

"잠깐만 있어봐. 나, 맑은 정신으로 서로의 장래에 대해 생각해봤어. 잘 생각해보니 우리는 아직 서로에 대해 아는 게 거의 없잖아? 메구밍이 전에 말했지? 자기는 이제 어른이라고 말이야. 좋아해! 아이 만들고 결혼하자! 같은 건 너무 치기어린 생각 아닐까?"

"그 말을 꺼낸 사람은 바로 당신이잖아요! 갑자기 왜 이러는 거예요? 카즈마도 싫어하는 눈치는 아니잖아요! 평소에도 이상하지만 오늘은 더 이상하네요……!"

메구밍은 이런 상황에서도 냉정침착하게 나를 쳐다보더니 곧 뭐가 어떻게 된 건지 눈치챈 것 같았다.

그녀의 표정에서 점점 열기가 사라지고 나를 쳐다보는 시선 또한…….

얇은 옷차림으로 저택 안을 어슬렁거리는 다크니스를 뚫어져라 쳐다보던 나에게 보낸, 벌레라도 보는 시선으로 바뀌었다.

"이, 이 남자를 대체 어떻게 하죠……. 성욕이 사라진 것만으로 이렇게 마음이 식어버리다니, 정말 뜻밖이에요. 이 정도로 못난 남자일 거라고는 생각도 못했어요……. 저와 별의별 짓을 다했던 것도, 그렇게 흥분했던 것도, 전부 저와 그렇고 그런 짓을 하고 싶어서 그랬던 거군요! 욕망에 휩싸이지 않았을 때는 이렇게 냉정하다니……!"

"어이, 잠깐만 있어봐. 아직 같이 목욕을 하거나, 한 이불을 덮고 포옹을 했을 뿐이잖아? 그것 가지고 별의별 짓을 다했다고 말하는 건 좀 그렇지 않아? 실제로 하지도 않고 그런 음해를 당하는 건 완전 손해잖아!"

"좋아요. 계속 그런 어이없는 소리를 할 거라면, 저도 각오를 다지겠어요."

어이쿠, 쓰레기를 쳐다보는 시선이군요.

메구밍은 이윽고 땅이 꺼져라 한숨을 내쉬더니—

"당신은 애초부터 이런 사람이었죠. 그런데도 정나미가 떨어지지 않다니, 제가 너무 쉬운 여자라 머리를 감싸 쥐고 싶을 지경이에요……."

그런 소리를 하면서 굳은 표정으로 나를 쳐다보는 메구밍의 시선은, 쓰레기를 보는 눈길에서 미심쩍은 걸 보는 눈길로 완화되었다.

"저기……. 고백을 할 분위기와는 거리가 멀긴 한데, 앞으로 어떻게 할 거죠?"

메구밍은 지쳤는지 어깨에서 힘을 쭉 빼고 내 대답을 기다리는 것처럼 나를 똑바로 쳐다보며 꼼짝도 하지 않았다.

하지만 이제부터 어떻게 할 거냐, 라…….

메구밍과도 꽤 오랫동안 알고 지냈지만, 처음 만났을 때는 이런 관계가 될 거라고 생각도 하지 못했다. 게다가 내 진짜 마음도 모르겠다.

사귀는 것은 고사하고 여성과 제대로 데이트도 해본 적이 없기에, 나는 좋아하게 된다거나 사랑에 빠진다는 감정을 잘…….

…………………….

어.

가볍게 장래를 상상해 봤는데…….

아이가 생겨서 느닷없이 결혼하는 건 좀 그렇지만 메구밍과 사귀는 건 괜찮다는 생각이 들었다.

나는 현재 다양한 욕망에서 해방되어 있는데도 메구밍과 데이트를 하는 것은 꽤 즐거울 것 같았다.

딱히 유별난 일을 하지 않으며 같이 느긋하게 시간을 보낸다거나, 「어이, 메구밍. 한가하니까 도시락 싸들고 경치 좋은 호수에 가서, 폭렬마법으로 파도라도 일으켜서 놀자」 같은 소리를 하는 것도…….

……어라.

뭐야.

이게 대체 뭐냐고.

"어, 어이, 메구밍! 큰일 났어! 나, 진짜로 너를 좋아하는 걸지도 몰라!"

"저질이군요! 당신은 저질이에요! 진짜로 저질이라고요! 고백이랍시고 저를 좋아하는 걸지도 모른다, 같은 소리를 하는 건가요?! 좀 말을 골라서 할 수는 없는 거냐고요!!"

동정한테 그런 어려운 걸 부탁하지 말라고.

나는 진땀을 흘리면서 난처한 표정으로 우물쭈물했다.

메구밍은 그런 나에게―.

"……하아. 진짜로 중요한 순간에 쓸모가 없어지는 남자군요. 정말……. 예전에 당신의 그런 면도 좋아한다고 말했으니, 화를 내고 싶어도 낼 수가 없네요……."

메구밍은 뭔가를 체념한 것 같으면서도, 재미있는 무언가를 발견한 표정을 지으면서 어이없다는 투로 그렇게 말했다.

내가 그런 메구밍의 얼굴을 보고 안심한 것처럼 한숨을 내쉬자 그녀는 나를 노려보았다.

자, 잘못했습니다!

"……그럼 이제 어떻게 할 거죠? 저기……. 그, 그러니까…… 앞으로의, 저희 관계……는……."

메구밍은 약간 불안한 표정을 지었다.

그리고 아주 조금 볼을 붉히고 소곤소곤 말을 이었다.

으음…….

"어, 어떻게 할까? 솔직하게 말하자면 나는 지금까지 살아오면서 제대로 된 연애를 한 번도 해본 적이 없거든? 그래서 여자애와 사귈 때 뭘 하면 좋을지 모르겠어. 그러니까 아까 네가 말한 동료 이상 연인 미만의 관계라면 나도 그나마 덜 허둥댈 거야. 솔직히 말하자면 나도 기쁘긴 해. 너는 좀 이상한 구석이 있지만 생긴 것만 보면 미소녀잖아. …… 으음, 뭐, 그런 관계도 괜찮으……. 려……나?"

메구밍은 내 말을 듣더니―.

"……이, 일단은…… 그런 걸로도, 좋아요……. 게, 게다가, 이러면 다른 사람들도 덜 거북할 테니까요……."

메구밍은 미소녀라는 말을 들은 것을 비롯해 이런저런 것들 때문에 멋쩍어하면서도, 안심한 것처럼 한숨을 내쉬면서 작은 목소리로 그렇게 말했다.

나 또한 그런 메구밍을 보면서 멋쩍어 했다.

우와, 마치 풋풋한 바보 커플 같네.

큰일 났다. 진짜로 큰일 났어. 신선하면서도 달콤쌉싸름한 느낌이 들고 가슴이 뛰어!

잠깐만. 그럼 다크니스와 아쿠아한테는 어떻게 하지?

솔직하게 말하는 편이 좋을까?

우리는 대체 어떤 관계인 거지?

연인 미만…….

연인 미만이라면, 연인들이나 할 법한 짓을 해도 되는 걸까?

연인들이나 할 법한 짓 중에서 어떤 것까지 허용되는 걸까…….

내가 그런 고민에 잠겨 있을 때 메구밍이 입을 열었다.

"그럼 일단 어엿한 연인 사이로 승격될 때까지는 다크니스와 아쿠아에게 비밀로 하도록 해요. ……그리고, 비밀 노선으로 갈 거니까 물론 엉큼한 짓도 안 할 거예요."

"어?"

1

"돌려줘! 내가 소중히 길러온 슈나이더를 돌려달란 말이야, 이 망할 백수야!"

"같은 곳까지 진행시켜놨으니까 그냥 납득해! 죽어버렸으니 어떻게 하냐고! 슈나이더도 지금쯤 이세계에서 잘 살고 있을 거야. 어쩌면 마왕을 쓰러뜨린 용사로서 부귀영화를 누리고 있을지도 모른다고."

다음 날.

우리의 쉼터인 거실에서는, 자신이 기른 게임 캐릭터를 잃은 아쿠아가 엉엉 운다고 하는 평소와 다름없는 아침 풍경이 펼쳐지고 있었다.

"⋯⋯진짜야? 슈나이더는 이세계에서 잘 지내고 있을까?"

"당연하지. 미소녀 하렘을 만들어서 행복하게 살고 있을 거야. 그러니까 그 녀석은 이제 내버려둬."

내가 아쿠아를 대충 어르고 있을 때 메구밍이 일어났다.

"좋은 아침이에요. 오늘 아침에는 꽤 일찍 일어났네요."

"응. 오늘 아침에는 다크니스의 딸과 함께 젤 킹을 돌봤어. 드래곤에게 먹이를 주는 건 처음이라 긴장한 모습이 정말 귀여웠다니깐."

별것 아닌 일로도 확 죽어버리는 병아리라서 긴장했던 거라고 생각하는데 말이다.

"그러고 보니 실피나의 모습이 보이지 않네요. 어디 간 거죠?"

"다크니스가 그 애를 데리고 외출했어. 이제부터 이 마을에서 살 거니까, 동년배 애들과 같이 놀게 하겠다면서 말이야."

다크니스도 그 애를 꽤 신경 쓰고 있는지 친엄마처럼 정성을 다해 돌보고 있었다.

메구밍은 그 말을 듣더니 기뻐하며 웃음을 흘렸다.

"그런가요. 그 애도 빨리 이 마을에 익숙해지면 좋겠군요."

메구밍이 그렇게 말했을 때 소파에 드러누워 있던 아쿠아가 입을 열었다.

"그런데 메구밍은 원래 아침에 일찍 일어나지만, 카즈마 씨는 왜 꼭두새벽부터 일어난 거야?"

평소에는 상상을 초월할 정도로 둔감하던 아쿠아가 이럴 때만 눈치가 빨랐다.

메구밍과의 첫 데이트가 기대되어서 아침 일찍 눈이 떠졌다, 같은 소리를 본인 앞에서 할 수는 없다.

"그러고 보니 메구밍도 평소보다 일찍 일어났네……."

아쿠아가 연이어 그렇게 말하자 메구밍은 움찔한 뒤 허둥댔다.

"무, 무슨 소리를 하는 거예요. 저는 평소에도 이쯤에 일어난다고요. 아쿠아와 카즈마가 항상 늦잠을 자서 몰랐던 거예요. 그리고 오늘은 끝내주는 폭렬 날씨거든요. 이런 날에는 빨리 일어나고 싶어지는 법이라고요!"

메구밍은 빠른 어조로 그렇게 말했고 아쿠아는 고개를 갸웃거렸다.

······어라. 혹시 메구밍도 나와 마찬가지로 데이트가 기대되어서 일찍 일어난 것일까.

그렇다. 데이트다.

태어나서 처음으로 여자애와 데이트를 한다.

과거에도 다크니스와 단둘이서 아르칸레티아를 돌아다닌 적이 있고, 메구밍과 폭렬마법을 쏘러 같이 간 적도 몇 번이나 있다. 하지만 무드라고는 눈곱만큼도 없었으니 데이트로 칠 수 없다.

나와 메구밍이 서로를 힐끔힐끔 쳐다보고 있을 때―.

"아하~, 알겠다. 너희 둘, 그렇게 된 거구나."

평소에는 초점이 어긋난 방향을 향해 전력질주를 하면서 이럴 때만 감이 좋은 아쿠아가 뭔가를 눈치챈 것처럼 히죽거렸다.

"아, 아쿠아, 뭐가 그렇게 됐다는 거죠?!"

"어이, 히죽거리지 좀 마. 계속 히죽거리면 2초 안에 울상을 짓게 만들어줄 거야!"

나와 메구밍이 그렇게 말했지만 아쿠아는 히죽거리고 있는 입가에 손을 대고—.

"어제 먹고 남은 개구리 스테이크를 먹어치우려고 일찍 일어난 거지? 하지만 아쉽게 되셨군요. 그거라면 꼭두새벽에 일어난 내가 전부 먹어치웠답니다!"

아쿠아는 평소와 다름없었다.

……어라, 잠깐만 있어봐.

"인마, 헛소리 하지 마! 그건 내가 일부러 남겨둔 거라고! 오늘 아침에 샌드위치를 만들어서 가지고 외출하려고 밤에 준비해둔 거야! 너는 왜 항상 이렇게 쓸데없는 짓만 골라서 하는 거냐고!"

"흥! 이미 먹은 걸 어떻게 하냔 말이야! 너무 화내지 마! 샌드위치를 만들 거면 나도 도와줄게."

내가 밤에 준비해둔 것이라는 말을 듣고 자기가 잘못했다고 생각한 듯한 아쿠아는 순순히 사과한 후—.

"그런데 샌드위치를 가지고 어디를 갈 건데? 어디 놀러가는 거라면, 나도 따라갈래."

…………

2

"『익스플로전——!!!!!!』"

액셀 인근의 호수에 폭렬마법이 작렬했다.

흉악할 정도의 파괴력이 호수 상공에서 폭발하더니 그 충격파가 수면을 뒤흔들었다.

사방으로 튄 물이 안개가 되어 주위에 쏟아지고 햇빛을 반사하면서 선명한 무지개를 만들어냈다.

"오늘 폭렬은 95점! 위력은 물론이고, 폭렬마법에 의해 발생한 안개가 상쾌한 아침 공기를 한층 더 깊이 있게 만들어 줄 뿐만 아니라, 무지개라는 예술도 탄생시켰어. 만약 실용성도 겸비했다면 점수를 더 줬을 거야."

메구밍은 내 채점을 들은 뒤 만족스러운 미소를 지으며 쓰러졌다.

"몬스터가 없으니 실용성을 겸비하는 건 무리죠. 그래도 오랜만에 점수가 높았네요. 오늘은 좋은 하루가 될 것 같아요!"

나는 만족한 메구밍의 곁으로 다가간 후, 몸을 움직일 수 있을 정도의 마력을 드레인 터치로 나눠줬다.

그리고 어떤 사실을 눈치챘다.

"잠깐만 있어봐. 방금 그 충격파 때문에 물고기 몇 마리가 물 위에 둥둥 떠 있어! 마침 잘 됐네. 저 물고기를 건져서 구워먹자. 개구리 스테이크 샌드위치는 줄었지만, 야외에서 구워먹는 물고기도 맛이 꽤 각별하거든. 메구밍, 잘했어!"

"그렇다면……."

내가 마력을 나눠준 덕분에 몸을 일으킨 메구밍이 기대에 찬 눈길로 나를 쳐다보았다.

"오늘 폭렬은 98점!"

"감사합니다! 감사합니다! 감사합니다!"

눈가에 이슬이 맺힌 메구밍이 감사 인사를 몇 번이나 연거푸 입에 담자, 덩달아 울먹거리기 시작한 나 또한 고개를 끄덕였다.

그런 우리를 쳐다보고―.

"저기 말이야. 혹시 내가 없었을 때는 항상 이런 바보 같은 짓을 했던 거야?"

아쿠아가 갓 만든 샌드위치를 먹으며 그렇게 무례한 소리를 입에 담았다.

"무례하잖아, 아쿠아. 뭐가 바보 같다는 거야. 이건 폭렬 소블리에인 나에게 있어 매우 중요한 의식이라고."

"그래요, 아쿠아. 요즘 들어서는 이 점수에 따라 그날의 기분과 컨디션 등이 영향을 받고 있어요. 폭렬은 장난이 아니란 말이에요!"

"무슨 소리를 하는 건지 모르겠고 알고 싶지도 않지만, 아무튼 알았어. 괜히 간섭하지 않는 편이 좋을 것 같네."

요즘 들어 학습능력이라는 것을 갖추기 시작한 아쿠아가 그렇게 말했다.

하지만—.

"어이, 메구밍. 데이트라는 건 원래 이런 거야?"

내가 메구밍에게 낮은 목소리로 묻자—.

"글쎄요. 저도 데이트라는 것에 대해 잘 아는 편이 아니라서……. 좋아하는 사람과 함께 경치가 좋은 곳에 가서 도시락을 먹고, 좋아하는 일을 했으니, 데이트라고 여겨도 괜찮지 않을까요……?"

그래. 이런 게 데이트구나.

왠지 평소와 별반 다르지 않게 느껴지는 것은 기분 탓이리라.

오늘은 아쿠아가 있어서 그런 무드가 생기지 않는 걸지도 모른다.

느닷없이 단둘이서 데이트를 하는 것이 좀 부끄러워서 아쿠아도 같이 왔지만, 분명 앞으로는……!

"샌드위치, 정말 맛있었어. 물고기를 구워먹고 나면 낮잠이라도 잘까? 그러고 보니 오늘은 피크닉하기 딱 좋은 날씨네! 다음에는 다크니스와 그 실피나라는 애도 데리고 오자!"

그렇게 말하면서 호수에서 물고기를 건져온 아쿠아는 나뭇가지를 이용해 물고기를 구울 준비를 하기 시작했다.

……아아, 이건 아냐.

데이트가 아니라 가족끼리 온 소풍이라고.

3

피크닉을 마치고 돌아오는 길의 일이다.

액셀 마을에 돌아온 우리에게 문지기 아저씨가 말을 걸었다.

"어이, 너희는 모험가지? 아까 긴급 소집을 하더라고. 모험가 길드에 가보는 게 어때?"

―모험가 길드.

그곳은 이 마을의 중심에 위치한, 몬스터와의 전투를 관리하는 관제탑이다.

그리고 모험가의 요새이자 가장 신뢰받는 장소이기도 했다.

우리는 문지기 아저씨의 말을 듣고 이곳으로 향했는데, 모험가 길드 앞에서는―.

"자, 모험가 여러분. 이쪽으로 모여주세요. 긴급한 일이랍니다. 급하게 소집을 해 죄송합니다, 모험가 여러분."

평소 접수 일을 보던 길드 직원 누님이 그런 말을 하며 모험가들을 한쪽으로 모아서 줄을 세우고 있었다.

……긴급 소집이라는 말을 듣고 저택으로 서둘러 돌아가서 장비를 갖춘 후에 돌아왔는데 말이다.

긴급한 일이라면서 우리를 이런 곳에 줄지어 세운 이유는 대체 뭐지?

내가 그런 의문을 느끼고 있을 때, 길드 직원과 이 마을의 공무원으로 보이는 사람들이 줄지어선 모험가들의 주위에 바리케이드를 만들 듯…….

아니다.

마치 우리가 도망치지 못하도록 포위했다.

그 광경을 보고 불길한 느낌을 받은 모험가들이 술렁거리기 시작했다.

……뭐야.

"어이, 뭔가 이상하잖아. 도망치는 편이 좋지 않을까? 내 육감이 빨리 도망치라고 호소하고 있어."

"신기한 일도 다 있네. 나도 카즈마처럼 불길한 느낌을 받았어. 여신의 감이 발동한 것 같아."

나는 아쿠아의 말을 듣고 더욱 불안해졌다.

그런 우리 두 사람에게 다가오는 이가 있었다.

그 사람은 이른 아침에 실피나를 어딘가로 데려다주러 갔던 다크니스였다.

"두 사람 다 걱정하지 마라. 딱히 범죄행위가 벌어지는 것도 아니고, 비도덕적인 일이 발생하는 것도 아니다. 안심해라."

다크니스는 팔짱을 끼고 그렇게 말했다.

⋯⋯잠깐만.

"너, 이게 무슨 일인지 알고 있는 거야?"

나는 팔짱을 낀 채 서있는 다크니스를—

모험가들이 중무장인 가운데, 혼자만 평상복인 검은색 셔츠에 타이트스커트를 입은 다크니스를 쳐다보면서 그렇게 물었다.

하지만 다크니스는 대답하지 않았다.

이윽고 곳곳에서 불안 섞인 중얼거림이 들려왔다.

그와 동시에 불온한 분위기가 주위에 퍼져 나갔다.

⋯⋯하지만 나를 비롯한 모험가는 알고 있었다.

모험가 길드는 모험가를 위해 만들어진 국가기관이다.

우리를 지원하기 위해 존재하는 조직인 것이다.

우리는 그들에게서 받은 일거리를 성실하게 수행하고 그들 또한 우리가 난처한 상황에 처했을 때 도와준다.

즉, 모험가와 모험가 길드는 서로를 적대할 수 없는 관계인 것이다.

길드가 우리를 적대할 이유도 없고 우리 또한 길드를 싫어할 이유가 없다.

그런 내용의 속삭임이 곳곳에서 들려오면서 모험가들 사이의 긴장된 분위기가 조금 누그러진, 바로 그때였다.

"여러분에게 급히 부탁드릴 일이 있습니다. 바로 긴급 퀘스트가 발생한 거죠. 사실 오늘로 회계연도말에서 딱 한 달이 지났어요. ……그렇습니다. 오늘이 납세 기한 마지막 날이에요."

길드 앞에 모인 우리 앞에 선 직원 누님이 빙긋 웃으면서 그렇게 말했다.

"여기 계신 모험가 중에는 아직 세금을 내지 않으신 분이 계세요."

이 자리에 있는 모험가들의 표정이 딱딱하게 굳었다.

"무무, 무슨 소리야? 무슨 소리냐고! 어이, 아쿠아! 이게 무슨……?!"

"지지지지, 진정해! 카즈마, 진정하란 말이야! 진정하는 거야! 그리고 길드 직원 언니는 아직 할 말이 남은 것 같아!"

길드 직원의 말을 듣고 도망치려 하는 모험가를 벽처럼 주위를 둘러싼 길드 직원과 공무원들이 막아섰다.

도망치려 하는 자, 울음을 터뜨린 자, 화를 내는 자…….

반응은 각양각색이지만 공통점이 하나 있었다. 그것은 이 자리에 있는 모험가들이 하나같이 비통한 목소리로 울부짖고 있다는 점이다.

"물론 지금까지는 이런 부탁을 드린 적이 없죠. 당연해요. 모험가 여러분은 가난하니까요. 예, 그래서 지금까지는 면제가 아니라 온정을 베푸는 형태로 봐드렸을 뿐이랍니다."

모험가들에게서 좀 떨어진 곳에 서 있던 공무원 같아 보이는 남자가 그렇게 말했다.

　그리고 그는 담담한 목소리로 말을 이었다.

　"이 모험가 길드는 마을에 사는 분들의 혈세로 운영되고 있습니다. 그리고 길드에서 지불하는 보수도 마찬가지죠. 몬스터를 퇴치한다고 해서 특별 취급을 받아서는 안 됩니다. 그래도 온정을 베풀어 봐드리고 있었죠. 그리고 여러분은 올해 막대한 수입을 올리셨습니다. ……거물 현상범의 상금을 탄 거죠. ……지금까지는 온정을 베풀어 여러분에게서 세금을 거두지 않았지만, 거금을 손에 넣었을 때 정도는 국민의 의무를 지켜주시지 않겠습니까?"

　도망치거나 저항하려던 모험가들은 그 말을 듣고 입을 다물었다.

　그럴 만도 했다. 이런 이야기는 처음 들은 것이다.

　지금까지 모험가는 세금이 면제되는 줄 알았다.

　하지만 돈이 있을 때는 세금을 내는 것도 괜찮을 것이다.

　우리도 이 마을에서 살고 있으니 그 정도 의무는 지켜야 한다.

　그런 와중에 한 모험가가 불쑥 물어보았다.

　"저기, 세금은 얼마 정도죠?"

　방금 말을 했던 공무원이 그 질문에 답했다.

"수입이 천만 이상인 분은 올해 얻은 수익의 절반을 세금으로……."

이 자리에 있던 모든 모험가들은 부리나케 도망쳤다.

4

"아쿠아, 어쩌면 좋을까?! 절반을 내놓으라잖아! 말도 안 되는 소리를 하고 자빠졌어! 나, 몇 억이나 세금으로 내놓아야 한단 말이야!"

"나는 이미 돈이 없어! 전부 다 써버렸단 말이야! 세금은 개인파산도 적용되지 않아! 나, 또 빚을 지는 것만큼은 절대 싫어! 도망치자! 카즈마, 먼 곳으로 도망치는 거야! 이 세계의 세금 계산 방식은 단순해! 매년 가을 첫 달에 세금을 지불하는데, 한 해 동안 번 수입에서 세금을 산출한 뒤 그 금액을 가을 첫 달 마지막 날까지 내야만 하는 거야!"

아쿠아는 비명을 지르고 있는 나를 향해 그렇게 말했다.

"거 되게 알기 쉽네! 가을 첫 달이라면 오늘이 마지막 날이잖아! 그런데 도망치면 어떻게 되는 거야? 오늘 안에 그걸 내지 않으면 어떻게 되는데?"

"세금이 면제 돼. 최종일, 그것도 관청의 영업시간이 지나고 나면 안 낸 세금은 면제되는 거야!"

거 되게 호쾌하네.

"저기, 그래도 괜찮은 거야? 나중에 안 낸 세금을 내라고 한다거나……."

"무슨 소리를 하는 거야?!"

내가 당황한 목소리로 그렇게 말하자 아쿠아가 그렇게 외쳤다.

"이 세계의 법률은 귀족이 만들거든? 귀족이 자기들에게 유리하도록 법률을 만드는 게 뻔하잖아! 저소득층 서민 따위는 여행을 가거나 해서 도망치는 것보다 돈을 내는 편이 싸게 먹히니까 순순히 내는 거야. 하지만 부자나 귀족들은 매년 이 시기에 여행을 가. 그리고 달이 바뀌면 돌아오는 거야."

완전 무법천지잖아.

하지만 일본 같은 문명국가에서도 비리를 저지르는 자들이 넘쳐난다.

그러니 이 세계의 귀족들은 더하면 더했지 덜할 리가 없다……!

"귀족이란 녀석들은 뒤룩뒤룩 살찐 돼지잖아! 약아빠졌어! 우리도 똑같은 짓을 하자!"

"기, 기다려라……! 저기, 그 중에는 선량한 귀족도 있다! 모두 도매금으로 취급하지 말란 말이다……!"

난처한 표정을 지은 다크니스가 나와 아쿠아를 향해 그렇게 말했다.

그런데 다크니스는 도망치지 않는 걸까?

나는 다크니스를 향해 너도 거액의 세금을 내야만 하는 귀족이잖아, 하고 말하려다가 그녀가 손에 무언가를 쥐고 있다는 것을 눈치챘다.

이런 상황에서도 다크니스가 쥐고 있는 것이 신경 쓰였다.

"네가 들고 있는 그건 뭐야?"

"이것 말이냐? ……이건, 이렇게 쓰는 거다."

다크니스는 들고 있던 쇠사슬이 달린 철제 구속구를 자신의 오른손에 채웠다.

그것은 일본에서 흔히 수갑이라 부르는 것과 비슷해 보였다.

다크니스가 변태라는 것을 알고 있으니 이제 와서 이런 소리를 할 것도 없다는 생각이 들었지만—.

"너 지금 뭐하는 거야?"

나는 어이없다는 투로 그렇게 말했으나 다크니스는 들은 척도 하지 않았다.

그러고 보니 지금은 다크니스의 성적 취향을 가지고 왈가왈부할 때가 아니다.

결국 오늘 하루 동안만 도망치면 합법적인 탈세를 할 수 있다는 건가.

나는 아쿠아와 메구밍에게 도망치자고 말하려 했지만—.

"예, 메구밍 양이시군요. 으음, 어디어디……. 메구밍 양은

소득이 매우 적으시니 세금이 면제됩니다. 협력해주셔서 감사합니다!"

……메구밍은 일찌감치 납세 수속을 마쳤다.

그리고 내 시선을 눈치챈 가난뱅이 아가씨는 의기양양한 표정으로 으스댔다.

젠장. 이렇게 되면 남은 건 나와 아쿠아, 그리고 다크니스…….

철컹.

………….

"너 지금 뭐하는 거야?"

나는 다크니스에게 아까 했던 말을 또 했다.

이 변태는 정신이 나간 건지, 자신의 오른팔에 채운 사슬 달린 구속구의 남은 한쪽을 내 왼쪽 손목에 채운 것이다.

이 비상시국에 이런 짓을 하다니 바보인 걸까.

이 녀석은 때때로 아쿠아에게 버금가는 바보짓을 벌인다. 뇌가 근육으로 되어 있어서 문제다.

다크니스는 상큼한 미소를 머금더니 마치 산책이라도 가자고 말하는 듯한 가벼운 어조로 이렇게 말했다.

"납세는 시민의 의무다. 자, 가자. 이 마을 제일의 고소득 모험가여."

……그러고 보니 이 녀석은 이 마을을 다스리는 사람 중한 명이었죠! 큰일 났다~!

"놔, 놔! 젠장, 이게……! 너란 녀석은, 너란 녀석은!"

"하하하하, 우리 사이에 너무 화내지 마라, 카즈마! 자, 아쿠아도 같이 가자!"

길드 앞에서는 아비규환이 벌어졌다.

곳곳에 있던 모험가가 잡혀서 연행되는 가운데, 내 팔을움켜쥔 다크니스가 아쿠아의 팔도 잡은 뒤 그렇게 말했다.

"싫어어어어어~! 다크니스, 부탁이야! 나는 좀 봐줘! 카즈마 씨~! 카즈마 씨~! 어떻게 좀 해봐~, 해보란 말이야~!"

아쿠아는 울먹이면서 다크니스의 팔을 찰싹찰싹 때렸다.하지만 다크니스는 아쿠아의 팔을 절대 놓지 않았다.

나는 아쿠아를 향해 이렇게 외쳤다.

"어이, 지원마법을 걸어줘! 근력과 속도를 올리는 거 말이야! 그걸로 강화해서 구속구로 이어진 이 녀석을 데리고 도망치는 거야! 나와 너, 둘이 힘을 합치면 다크니스를 들고도망칠 수 있어!"

"윽……."

다크니스는 내 외침을 듣더니 아쿠아를 놔줬다.

"······아쿠아, 너는 봐주마. 이대로 도망치도록 해라. 이미 이 마을 곳곳에 세금을 징수하는 관리가 어슬렁거리고 있다. 그들을 따돌릴 수 있다면, 그 후는 알아서 해라. ······ 단, 너를 눈감아주는 대신 이 남자에게 지원마법을 걸어주지 말아다오."

"아앗, 비겁해! 어이, 아쿠아! 이건 우리 둘을 이간질시키려는 교란작전이야! 듣지 마! 그리고 빨리 나한테 지원마법을 걸어줘!"

"············."

아쿠아는 내 말을 듣더니 아무 말 없이 뒷걸음질 쳤다.

그리고—.

"······미, 미안해, 카즈마. 한 명이라도 나보다 발이 느린 사람이 있으면 내가 도망칠 확률이 늘어날 거라고 생각해······. 게다가 카즈마가 도망치면, 아마 이 마을에서 두 번째로 납세액이 많은 모험가인 나를 잡기 위해, 몰려드는 관리가 더 많아질 거야······."

이 녀석은 왜 이럴 때만 머리가 잘 돌아가는 걸까.

"알았어, 아쿠아. 만약 나한테 지원마법을 걸어준다면, 너 혼자만이라면 반드시 도망칠 수 있는 방법을 가르쳐줄게. 어때?"

"······얼마 전에 우리를 버리고 성에서 살겠다고 했던 카즈마의 말을 순순히 믿을 것 같아?"

지당하기 그지없는 말이었다.

"조, 좋아. 그럼 그 방법을 먼저 가르쳐줄게. 들어보고 납득이 되면 근육 증강이나 속도 증강, 양쪽 중 하나만이라도 나한테 걸어줘!"

"으······, 알았어. 어떤 방법인데?"

아쿠아는 우물쭈물하면서 다가왔고 나는 슬며시 귓속말을 했다.

그러자—.

"카즈마! 우리 둘 다 무사히 도망친다면, 저택에서 다시 만나자! 그리고 근육과 속도를 전부 증강시켜줄게!"

아쿠아는 그렇게 말하면서 나에게 지원마법을 둘 다 걸어줬다.

그리고 자기 자신에게도 마법을 걸더니 곳곳에서 다툼이 벌어지고 있는 포위망을 돌파하며 마을 안을 내달렸다.

"뭘 가르쳐줬는지는 모르겠다만, 꽤 자신만만하게 뛰어가는구나."

나와 아쿠아의 대화를 방해하지도 않으며 쭉 듣고만 있던 다크니스가 그렇게 말했다.

이 녀석은 왜 이렇게 여유가 넘치는 거지?

"너, 여유가 넘쳐흐르잖아. 근력이 강화되었으니, 내 힘은 너 못지않거든? 이대로 드레인 터치를 써서 너를 기절시킨 후, 짐짝처럼 들쳐 매고 도망쳐주겠어."

다크니스는 내 말을 듣더니—.

"그런 말은 나를 들어 올린 후에나 해라."

자신만만한 웃음을 흘리며 그렇게 말한 다크니스는 얼마든지 들어보라는 것처럼 만세를 하듯 두 손을 치켜들었다.

나는 순순히 다크니스를 들어 올리려다—.

"저, 저기, 다크니스 씨? 남들 앞에서 이런 짓을 하려니…….
조, 좀, 긴장이 되는데요……."

"그, 그딴 소리 하지 마라! 나까지 긴장되지 않느냐……!"

서로가 고개를 반대편으로 돌린 채 나는 정면에서 다크니스를 들어 올리려 했지만—.

"꿈쩍도 안 해."

내는 그렇게 중얼거렸고 다크니스는 의기양양한 목소리로 이렇게 말했다.

"훗, 사실 이번 계획은 예전부터 면밀히 계획되었다. 원래는 이달 초에 결행할 생각이었다만……. 요즘 들어 마을 밖으로 나갈 일이 많아서 말이다. 게다가 상황이 좀 정리되었나 싶었을 때, 네가 액셀로 돌아오지 않겠다고 해서 머리를 움켜잡았지."

맙소사. 나는 이 녀석을 얕봤다.

세상 물정 모르는 귀족 아가씨인 줄 알았던 이 녀석의 각오를 얕본 것이다.

"하지만 이렇게 마지막 날에 계획을 실행에 옮길 수 있게 됐지……! 그리고 이 계획을 세웠을 때부터 네가 도망칠 거라는 건 예상하고 있었다. 그런 고소득자인 너를 방해할 사람이 바로 나다. 너를 놓치지 않기 위해, 나는 이 날을 위해……!"

"이 날을 위해……! 너, 너, 이 날을 위해 일부러 살을 찌운 거냐?! 복근이 단단한 걸 계속 신경 썼지?! 설마 뱃살이 뒤룩뒤루우우욱?!"

내가 말을 끝까지 잇기도 전에 다크니스가 나를 두들겨팼다.

"무게추다! 이걸 봐라! 옷 안에 무게추를 잔뜩 착용했지! 자아! 잘 봐라!!"

다크니스가 변명을 하듯 허둥지둥 셔츠를 걷어 올리자, 납 같은 조그마한 덩어리가 대량으로 그녀의 몸에 달려 있었다.

……이 녀석은 저런 걸 단 상태로 여기까지 걸어온 거냐.

하지만 큰일 났다! 진짜로 큰일 났어!

"제, 젠장! 접수원 누님, 당신은 우리 동료인 줄 알았는데……!"

"죄송해요! 사실 저희도 공무원이에요! 세금 징수에 실패하면 여름 보너스를 못 받아요! 죄송해요! 죄송해요!"

곳곳에서 그런 목소리가 들려오더니 내가 아는 모험가들도 잡혔다.

길드 앞에는 자리가 마련되었고 납세를 마친 모험가들이 그곳에서 축 늘어져 있었다.

메구밍은 자기는 이 일과 상관없다는 듯 그곳에서 직원이 타준 차를 마시면서 여유를 부리고 있었다.

"젠장, 왜 이렇게 성가신 일을 벌이는 건데?! 돈을 가진 녀석의 집에 쳐들어가서 돈 될 만한 걸 압수하면 되잖아!"

"죄송하지만 그럴 수는 없어요. 충격을 가하면 폭발하는 포션을 일부러 집안에 두고, 강제 징수하러 온 사람들이 그걸 만지게 해서 터뜨린 다음, 고가의 물건이 부서졌다며 고소하는 식으로 저항하는 사람도 속출하고 있는지라……."

직원들에게 항의하던 모험가의 숫자도 점점 줄기 시작했다.

큰일 났다. 슬슬 뒤편에 있는 내 쪽으로도—.

"……표정을 보아하니 한 발짝도 움직이지 않을 심산인 것 같네, 다크니스. 설득은 무리인 거지? 뇌물을 줄 테니 봐달라는 말도 너한테는 통하지 않을 거야."

나는 그렇게 말했고 다크니스는 미간을 찌푸렸다.

"바보 같은 소리하지 마라, 카즈마. 더스티네스 가문은 그 누구에게도 굴복하지 않으며, 그 어떤 부정행위에도 응하지 않는다. 자, 순순히……."

"『스틸』."

나는 다크니스의 말을 끊듯, 그녀가 몸에 착용한 무게추 중 하나를 스틸로 훔쳤다.

내가 그것을 길바닥에 집어던지자 다크니스는 나를 향해 이렇게 말했다.

　"……어이, 카즈마. 네 스틸은 높은 확률로 대상자의 속옷을 벗긴다. 이런 길 한복판에서 그런 위험한 짓은 하지 마라. 저항은 관두고, 순순히 납세—."

　"『스틸』."

　아, 또 실패했다.

　이번에 벗겨낸 것은 다크니스가 신은 검은색 타이츠였다.

　다크니스는 그 타이츠를 호주머니에 집어넣는 나를 쳐다보면서 작은 목소리로 말했다.

　"…………지, 진심이냐?"

　"진심이야. 너를 알몸으로 만들어서라도 경량화한 다음, 그대로 너를 들고 도망칠 거야."

　…………

　"고소득자인 사토 카즈마 씨죠? 자, 이쪽으로…… 아앗?! 도망쳤어! 그를 막기로 한 더스티네스 경까지……?!"

　나는 다크니스를 잡아끌면서 직원들의 포위망을 돌파했다!

"아아, 도망치고 말았다……. 나는 내 안위를 위해 도망치고 말았어……! 자기 자신을 희생해서라도 이 남자한테서 세금을 징수해야만 하는 입장인데……!"

뒷골목으로 도망친 내 옆에 있는 다크니스가 몸에 달고 있던 무게추를 떼어내면서 울음기 섞인 목소리로 계속 중얼거렸다.

저렇게 무게추를 잔뜩 달고 뛰어다니는 다크니스도 대단하지만—.

"어이, 대체 언제까지 울고 있을 거야? 빨리 따라와. 외출하면서 저택 정원에 구속구의 열쇠를 버리다니, 너는 정말 바보구나. 이대로 마을 밖으로 나가자."

"……운이 좋은 너라면 내가 가지고 있는 열쇠를 스틸로 단번에 훔칠 것 같아서……. 그리고 입구 쪽에는 보초가 있을 거다. 그냥 포기하는 게 어떠냐? 거금을 지닌 지금보다 빚을 지고 있던 시절의 카즈마가 훨씬 남자다웠지 않느냐."

"시끄러워! 괜한 참견 하지 마!"

나는 다크니스와 사슬로 이어진 채 뒷골목을 몰래 나아갔다.

지금 내 복장은 너무 눈에 띄었다.

도저히 대로를 돌아다닐 수 없다.

애초에 긴급 퀘스트라는 말을 듣고 모였던 탓에, 그 자리에 있던 모험가들은 대부분 중장비를 하고 왔다.

이런 옷차림으로 돌아다녔다간 모험가라는 것을 바로 들킬 것이다.

젠장, 길드 직원과 세금 징수관들이 머리 좀 썼군.

빌어먹을, 나는 왜 이런 마을에 돌아온 걸까.

정확하게는 강제로 돌려보내진 거지만……!

두고 보자, 흰색 정장! 그리고 기다리고 있어, 내 여동생……!

아아, 아이리스의 얼굴이 보고 싶다.

나는 왜 이딴 여자와 쇠사슬로 이어진 채, 이렇게 인정머리 없는 마을 안에서 도망만 다녀야…….

아무튼 인적 없는 곳에 가서 시간을 벌어야 한다.

아쿠아는 도망치는 데 성공했을까.

메구밍은 느긋하게 쉬고 있을 것이다.

그리고 이 녀석은……!

"휴우……."

내가 이런저런 생각을 하고 있을 때 다크니스는 지쳐서 꼼짝도 못하겠다는 듯 몸을 웅크렸다.

"어이, 너는 나보다 체력이 좋은 강철 여자잖아. 이런 데서 축 처져 있지 말고, 빨리 일어나."

"누가 강철 여자라는 거냐. ……라라티나는 연약한 아가씨라 더는 못 걷겠어요~ 으윽?!"

다크니스는 평소와 다르게 어리광부리는 어조로 그런 소리를 했고, 나는 서로의 손목에 이어진 사슬을 당겨서 억지로 일으켜 세웠다.

"……순순히 일어나서 뛰겠다. 그러니까, 저기, 사슬을 힘껏 당겨서 억지로 끌고 가는 걸 한 번만 더 해다오……. 구속구가 손목에 파고들어서, 정말……."

"너, 너란 녀석은 이럴 때도……."

다크니스가 볼을 붉힌 채 몸을 배배 꼬자 나는 그냥 다 집어치우고 세금을 낼까 하는 생각이 들었다. 그렇게 마음이 꺾여가고 있을 때—.

"저기 있다! 더스티네스 경이 잡고 계신다! 상대는 액셀에서 알아주는 쓰레기다! 사람을 더 불러라! 절대 놓치지 마~!"

먼 곳에서 그런 외침이 들려왔다.

"아아, 정말! 가자, 다크니스! 잘 들어! 절대 내 발목을 잡지 마! 방해하면 그대로 스틸 형벌을 내릴 거야!"

내가 그렇게 경고하자—.

"……카, 카즈마? 사람들 앞에서 내 옷이 벗겨지는 광경을 상상하니, 왠지 그것도 나쁘지 않다는 느낌이 들기 시작한 나는, 이제 돌이킬 수 없는 지경에 이른 걸까……."

"너는 나와 처음 만났을 때부터 돌이킬 수 없는 지경에 이르러 있었다고!"

직원들이 우리를 향해 뛰어왔다―!

―이제 곧 저녁때가 된 것 같았다.

관청에서 일하는 사람들이 업무를 마칠 시간이 되어가고 있는 것이다.

지금 나는 차가운 돌로 된 바닥에 앉아있었다.

그리고 내 맞은편에는 퉁명한 표정을 지은 다크니스가 부드러운 쿠션이 깔린 의자에 앉아 있었다.

다크니스는 조그마한 목소리로 중얼거렸다.

"……약아빠진 놈……."

그래. 나는 약아빠졌다고.

"머리가 좋다고 말해주면 좋겠는데 말이야."

"약아빠진 놈! 정말 비겁한 놈이구나! 정정당당하게 지략을 발휘해서 도망치면 되지 않느냐……! 앞으로 어쩔 거냐?! 아마 다른 귀족들이 알면, 도망치기 여의치 않은 상황에서 같은 방법을 쓸 거다!"

다크니스는 불같이 화를 내며 그런 소리를 했다.

"그건 너희 나라에서 알아서 할 일이라고……. 애초에 법을 고치거나 부서를 통합하거나 해서 대책을 세우면 되잖아."

다크니스가 불같이 화를 내자 나는 무릎을 꼭 끌어안은 채 그렇게 말했다.

현재 나와 다크니스는 이 마을에서 가장 안전하다 할 수 있는 장소에서 보호를 받고 있다.

　이 마을 안에서 가장 권위가 있고, 정의라는 이름하에 범죄자를 단속하는 시민의 편…….

　그렇다. 경찰서 유치장 안에 있다.

　"같은 공무원이라도 소속이 다르면 사이가 나쁜 건 어느 나라나 마찬가지구나~."

　"약아빠진 놈! 약아빠진 놈! 진짜로 약아빠진 놈!"

　세금 징수관에게 쫓기던 나는 경찰서에 뛰어든 후 그 자리에 있던 여성 경관에게 스틸을 날렸다.

　그런 나에게 주어진 죄목은 절도와 외설행위였다.

　뭘 훔쳤는지는 밝히지 않겠다.

　"……으으, 경찰들은 정말 고지식하구나……. 그 녀석들의 급료도 세금에서 나오고 있는데……. 구속구는 순순히 빌려줬으면서, 왜 이런 쪽으로는 융통성을 발휘하지 않는 거냐……! 그리고 너도 너다! 얼마 전에는 피해자인 척 하면서 아쿠아를 신고해놓고, 탈세를 위해 경범죄를 저질러서 일부러 잡혀?! 정말 뻔뻔한 녀석이구나……!"

　다크니스는 분통을 터뜨리면서 그렇게 중얼거렸다.

　"이야, 너와 구속구로 연결되어 있어서 정말 다행이야. 덕분에 오늘 밤에는 돌아갈 수 있겠어."

"시끄럽다!"

경찰에게 체포된 나는 세금 징수관들이 맹렬하게 항의하는데도 불구하고 유치장에 갇혔다.

세금 징수관과 경찰은 한동안 다퉜지만 결국 나를 넘기지는 않았다.

나는 다크니스와 구속구로 연결되어 있는 데다, 초범인 덕분에 조사가 끝나면 바로 돌아가도 된다고 한다.

조사는 이미 끝났으며 현재는 서류를 만들고 있었다.

서류 작업은 오늘 밤에 끝날 테니 그게 끝나면 돌아갈 수 있다.

나와 쇠사슬로 이어진 다크니스 또한 범죄자가 아닌데도 나와 같이 유치장에 갇혔다. 그녀가 앉은 푹신한 의자가 준비되기는 했지만 말이다.

이윽고 시간이 흘러, 해가 저물었을 즈음……

경관이 나와 다크니스에게 말을 걸었다.

"나와라. 석방이다. 마중 온 사람도 기다리고 있지. ……더스티네스 경께 폐를 끼쳐 죄송합니다……. 이쪽으로 오시죠."

6

"다녀왔어. ……뭐야, 아쿠아는 결국 잡히고 만 거야?"

나와 다크니스가 저택에 돌아가 보니, 저택 소파에서 울고 있는 아쿠아를 메구밍이 달래고 있었다.

아쿠아만이 실행할 수 있는 완벽한 잠복 수단을 가르쳐줬는데도 그녀는 잡힌 것 같았다.

"어서 와요, 카즈마. 아쿠아는 아슬아슬한 시간까지 어찌어찌 버틴 것 같은데……."

아쿠아의 머리를 쓰다듬으면서 달래던 메구밍이 난처한 표정을 짓고 말했다.

그러자 아쿠아는 울먹거리며 이렇게 말했다.

"흑……, 우엥……! 카즈마가 가르쳐준 것처럼 정수장에 가려고 했는데……! 도중에 걸려써……! 어쩔 수 업씨, 농업 용수로 쓰이는 조그마한 연못에 숨었는데……! 그래떠니……!"

내가 가르쳐준 것은 이 마을의 정수장에 있는 커다란 저수 연못 바닥에 밤까지 숨어있는 작전이었다.

물의 여신인 아쿠아는 물속에서도 호흡을 할 수 있고 고통을 느끼지도 않는다.

저수 연못 안이라면 아무도 건드리지 못할 거라고 생각했는데—.

"아무래도 직원 여러분이 그 연못에 화염 계열 마법을 마구 쏴서 아쿠아를 삶아버리려고 한 것 같아요……. 다행히 작업 도중에 시간이 다 되어 포기하긴 했지만, 그래도 정말 무서웠는지 돌아와서는 계속 울기만 하네요……."

이 나라의 세금 징수관은 인정사정없네.

……괜찮은 작전이라고 생각했는데, 좀 미안한걸.

"……어? 그 구속구는 아직 풀지 않은 건가요?"

메구밍이 나와 다크니스의 손을 쳐다보며 그렇게 말했다.

그렇다. 우리는 경찰에게 빌린 이 구속구를 아직 차고 있었다.

경찰서를 나서기 전, 기왕 경찰에게 잡힌 김에 이것도 풀어달라고 부탁해봤지만—

"열쇠를 빼앗겨도 간단히 풀지 못하도록, 구속구별로 열쇠가 다르다고 했다. 그리고 이 구속구의 열쇠는……."

다크니스가 부끄러워하며 말을 잇지 못하자 내가 이어서 말했다.

"이 바보는 나한테 열쇠를 스틸당하는 걸 걱정한 나머지, 열쇠를 버려버린 것 같아. 이 저택 정원에 대충 던져버렸다는데, 이렇게 어두우면 내 암시로는 조그마한 열쇠를 찾는 건 무리거든. 그냥 내일 아침에 이 녀석한테 직접 찾으라고 할 생각이야."

나는 그렇게 말하면서 바보 같은 짓을 했다는 듯 부끄러워하고 있는 다크니스를 쥐어박아줬다.

"……호오, 그렇다면 두 사람은 오늘 밤에 목욕도, 화장실도, 수면도 함께 해야겠군요. 사이가 좋네요."

메구밍이, 그런 소리를…………

그런…… 소리……를…….

……………

""……………""

나와 다크니스는 아무 말 없이 서로의 얼굴을 쳐다보았다.

제3장 이 마음에 결판을!

1

달그락, 달그락 하는 식기 소리가 들렸다.

다크니스는 매사에 서툴지만 식사 때는 소리를 내지 않으며 우아하게 음식을 먹었다.

하지만 오늘은 긴장이라도 한 건지 나이프와 포크를 달그락거리고 있었다.

현재 우리는 다 같이 테이블에 둘러앉아서 저녁 식사를 하고 있었다.

"카즈마 씨~, 간장 좀 줘~."

"으, 응……."

나는 옆에 있던 간장을 왼손으로 쥔 후, 그것을 아쿠아에게 건네주려다—.

"앗……!"

건네주려고 했지만, 다크니스의 작은 목소리를 듣고서야 그녀의 오른손과 나의 왼손이 연결되어 있다는 것을 떠올렸다.

아쿠아를 향해 간장을 내민 순간, 덩달아 다크니스의 오른손도 앞으로 쭉 뻗어진 것이다.

"미, 미안해……."

"괘, 괜찮다……."

내가 사과하자 다크니스는 작은 목소리로 그렇게 대답했다.

"고마워~."

그런 우리를 전혀 개의치 않은 아쿠아는 간장을 건네받으면서 고맙다고 말했다.

조금 전까지 세금 징수관 때문에 열탕지옥 맛을 보고 엉엉 울어댔지만 이제는 완전히 괜찮아진 것 같았다.

아쿠아는 그 일을 깔끔하게 잊은 것처럼 저녁을 맛있게 먹고 있었다.

이 녀석의 이 무사태평한 성격은 정말 부럽다.

쇠사슬로 이어진 게 이 녀석이라면…….

"……자, 잘 먹었다……."

긴장한 탓에 식사를 절반 이상 남긴 다크니스가 얼굴을 붉힌 채 조그마한 목소리로 그렇게 말했다.

메구밍이 그런 다크니스를 향해 이렇게 말했다.

"……두 사람 다 왜 그렇게 긴장한 거죠? 예전에도 같이 잔 적이 있는데 말이에요. 두 사람이 정 마음이 놓이지 않는다면, 저나 아쿠아와 함께 한방에서 다 같이 자면 되잖아요."

"“그, 그러자……!”"

나와 다크니스는 한목소리로 그렇게 대답했다.

그 말을 들은 순간, 다크니스의 눈썹이 움찔했다.

"……어이, 여자인 내가 메구밍에게 같이 자자고 말하는 거라면 몰라도…… 남자인 네가 왜 그런 소리를 하는 거지? 나도 일단은 여자라서 방금 그 말은 꽤나 불쾌하구나."

다크니스가 그렇게 성가신 소리를 했다.

"뭐, 너와 그렇고 그런 일이 벌어질 리가 없다는 건 알고 있거든. 괜한 오해를 살 바에야, 딴 애들도 우리와 같이 잤으면 하는 것뿐이야. 괴력 캐릭터인 너라면, 옆에서 자고 있는 나를 잠결에 으스러져라 꼭 끌어안아서 등뼈를 부러뜨릴 지도 모르잖아."

"바, 바보 취급 하지 마라! 잠결에 그딴 짓을 하는 녀석이 어디에 있냔 말이다!"

괜히 긴장해서 잠을 못 자는 것보다는 메구밍, 아쿠아도 불러서 다 같이 자는 편이 낫다.

뭐, 다 같이 노숙을 하거나 마구간에서 잔 적도 있으니 이제 와서 같이 자는 것 정도로 이러는 것도 좀 유별나지만…….

"흐음, 그러고 보니 저택 안에서 다 같이 자는 건 처음인 것 같네! 그럼 자기 전에 내가 끝내주게 무서운 이야기를 해줄게!"

"아, 저기, 그건 좀 사양하고 싶은데요……."

"도, 동감이야……. 이곳은 원래 유령이 살던 저택이니까, 괴담 같은 게 농담으로 들리지 않을 거라고."

이 저택을 처음 왔던 날에 벌어졌던 악령 소동을 떠올린 나와 메구밍은 겁을 먹었다.

그러자—.

"하아, 모험가가 괴담 따위에 겁을 먹으면 어쩌자는 것이냐. 이러니 요즘 들어 모험가들이 얼간이가 됐다는 진정서가 우리 집에 오는 것이다. 정신 좀 차려라."

다크니스가 어이없다는 듯이 그런—.

……그런—.

"……그러고 보니 너는 얼마 전에도 모험가가 얼간이가 됐다는 투의 소리를 했었지. ……그리고 진정서? 그러고 보니 너희 집이 영주 대리를 맡고 있잖아."

내 의문에 다크니스가 답해줬다.

"이 마을의 모험가가 푼돈 좀 얻었다고 토벌 퀘스트를 수주하지 않는 것은 너도 알고 있을 것이다. 장기 숙성 퀘스트는 어찌어찌 전부 처리했지만, 게으름이라는 것은 쉽게 떨쳐낼 수 있는 게 아니지. 덕분에 마을 근처에도 몬스터들이 우글거리고 있다. 하지만 앞으로는 모험가들도 일을……."

"잠깐만 있어봐. 그럼 이 마을의 모험가가 백수가 되었다는 거야? ……혹시, 오늘 긴급 소집을 해서 지금까지 눈감아줬던 세금을 느닷없이 내라고 했던 것도……."

다크니스는 훗 하고 웃음을 흘렸다.

"용케도 눈치챘구나. 예전처럼 마을을 지켜준다면 몰라

도, 백수가 되어버린 모험가들에게 세금 우대 조치를 해줄 필요는 없지 않느냐. 이번 긴급 세금 징수는 백수 대책도 겸한 특별 조치다. 길드 직원들도 엄청 기뻐했지. 세수입도 확보되고, 주머니 사정이 나빠진 모험가들은 일을 하게 될 거다. 이제 마을 주변의 몬스터도 처리되겠지. 그리고 안심해라. 이번에 징수한 세금은 전부 모험가를 위해……."

"잠까아아아아아아아아아안~!"

나는 벌떡 일어서면서 손에 연결된 사슬을 잡아당겼다.

그러자 다크니스는 헛발을 디디고 몸을 일으켰다.

"그럼 뭐야?! 오늘 소동은 돈 좀 생겼다고 일 안 하는 녀석들을 일하게 만든다는 하찮은 이유로 벌인 거야?! 그딴 이유로 쫓겨 다녔던 거냐고!"

초범이라서 처분 보류가 되기는 했지만 내가 전과를 가지게 된 원인을 만든 범인은 바로 옆에 있었다!

"어리석은 놈! 뭐가 하찮은 이유라는 것이냐! 납세와 노동은 이 나라 국민의 의무다! 일하지 않는 자에게서 원래라면 냈어야 하는 세금을 징수하는 게 뭐가 잘못됐다는 것이냐! 이 나라에 백수는 필요 없다! 해악 밖에 안 되는 백수 따위는 전부 쓰레기처리장에 버리고 싶을 지경이란 말이다!"

"내가 지금까지 살아온 인생을 파티 멤버에게 부정당했어!!"

나와 다크니스가 그대로 드잡이를 시작하자 그 광경을 보고 있던 메구밍이 어이없다는 투로 이렇게 말했다.

"……돌이킬 수 없는 일이 벌어질 것 같은 분위기와는 거리가 머네요. 그냥 오늘은 둘이서 주무세요. 그러면서 좀 친해지라고요……."

2

식사를 마친 후에 하는 것—.

그렇다. 일본인이라면 당연히 목욕이다.

"인마, 헛소리 하지 마! 일본인은 말이지, 매일 목욕을 안 하면 죽어! 목욕이 싫어서 향수 냄새로 악취를 숨기는 너희 귀족들과는 다르다고! 알았으면 방해하지 마!"

"허, 헛소리……?! 헛소리를 하고 있는 건 바로 네놈이다! 귀족도 매일 목욕을 한다! 대체 어느 나라의 귀족이 목욕을 싫어하느냐 말이다! ……하지만 오늘은 이런 상황인 만큼, 목욕 대신 온수로 적신 수건으로 몸을 닦기만 하자는 거다……!"

다크니스는 내 주장을 듣더니 딱 잘라 반대했다.

"오늘 하도 뛰어다녀서 땀을 흠뻑 흘렸거든? 목욕을 안 하면 죽을 거야. 딱히 같이 목욕을 하자는 건 아냐. 내가 욕조 안에 들어가 있는 동안, 너는 수건으로 몸이나 닦으라고."

"하, 하지만 목욕을 하려면 알몸이 되어야 하지 않느냐……! 내가 반라 상태로 몸을 닦는 사이, 너는 내 옆에서 알몸으로……!"

나와 다크니스가 시끌벅적하게 떠드는 사이ㅡ.

"제 턴. 매직 카드, 진흙탕 마법. 아쿠아의 몬스터들은 3턴 동안 행동 불능이에요."

"……으으. 또 아무것도 못하네. 패스."

아쿠아와 메구밍은 다투고 있는 나와 다크니스를 깔끔하게 무시한 채, 거실 테이블을 사이에 두고 카드게임을 즐기고 있었다.

다투고 있는 우리를 말릴 생각조차 하지 않았다.

"나는 남에게 알몸을 좀 보여줘도 개의치 않으니까 괜찮아. 오히려 상이라고 해도 과언이 아니니까 신경 쓰지 말라고."

"나는 신경이 쓰인단 말이다! 네 놈의 수치심 따위를 문제시 하는 게 아니지 않느냐! 네 알몸을 봐야 하는 내 입장에서 생각해봐라!"

"제 턴. 매직 카드, 폭렬마법. 상대는 죽는다."

"아아아아아아앗~! 메구밍, 아까부터 매직 카드를 너무 악랄하게 쓰는 거 아냐?! 나, 벌써 세 번이나 아무것도 못해보고 죽었거든?!"

저 두 사람이 느긋하게 놀고 있는 가운데, 갈아입을 옷을 챙긴 나는 여전히 저항하는 다크니스를 끌고 욕실로 향했다.

ㅡ다른 애들이 저녁 식사를 준비하는 사이, 나는 이미 욕조에 온수를 받아뒀다.

욕실에 도착한 나는 재빨리 옷을—.

"……어쩌지. 구속구 때문에 상의를 벗을 수가 없네. ……확 찢어버릴까? 이 옷도 꽤 낡았으니까 말이야."

나는 그렇게 말하면서 이제 버릴 생각이었던 셔츠를 단검으로 찢었고—.

"……너는 옆에 내가 있는데도 주저 없이 알몸이 되는구나."

나는 다크니스의 항의를 한 귀로 흘린 뒤 구속구와 수건 하나만 두른 차림이 되었다.

다크니스는 양말만 벗고 한손에 수건을 들었다.

내가 목욕을 하는 사이, 옆에서 수건으로 몸을 닦을 생각인 것 같았다.

내가 희희낙락하며 욕실 안으로 들어가자 다크니스는 부끄러워하면서 뒤따라왔다.

내가 물에 들어가기 전에 몸을 씻고 있을 때, 등을 마주하듯 내 뒤편에 있는 다크니스가 수건을 온수에 적시더니 부끄러워하며 셔츠와 치마 안으로 수건을 넣어 몸을 닦았다.

나는 재빨리 몸을 다 씻은 후 그대로 욕조로 향했다.

물론 사슬로 나와 연결된 다크니스도 욕조 옆으로 따라왔다.

"휴우~ 이렇게 목욕을 하니, 오늘 벌어진 이런저런 일도 전부 물과 함께 흘려버릴 수 있을 것 같네. 정말 신기해……."

"……묘령의 귀족 아가씨 앞에서 알몸으로 목욕을……. 아니, 네가 하는 일에 왈가왈부해봤자 아무 소용없겠지."

다크니스는 사슬로 나와 이어진 오른손을 욕조 안에 넣더니, 그대로 욕조에 기대듯 젖은 바닥에 주저앉았다.

다크니스는 욕조 안에 있는 오른손을 물장구치는 것처럼 움직이며—

"……저기, 모험가들은 나를 원망하고 있을 것 같으냐?"

다크니스는 땅이 꺼져라 한숨을 내쉬면서 느닷없이 그런 소리를 했다.

"……응? 그야 나도 모르지. 애초에 네 지시라는 걸 모를 것 같은데? 뭐, 지금까지는 비과세로 해줬잖아? 그러니 다들 심하게 원망하지는 않을걸? 뭐, 도망치는데 성공한 나한테는 남일이지만 말이야."

나는 느긋한 어조로 그렇게 말했고 다크니스는 하아 하고 또 한숨을 내쉬었다.

"……나도 이런 짓은 하고 싶지 않았다. 하지만 엘로드에 돈을 빌리러 가야할 정도로 이 나라의 재정 상태는 좋지 않지. 이번에 그들에게서 징수한 세금은 곱절이 되어 그들에게 환원될 때가 올 거다. ……모험가들이 제대로 일을 해줬다면 이런 짓을 할 필요도 없었을 텐데……."

불합리한 소리다.

"아무리 노동이 의무라지만, 일하지 않아도 될 정도의 돈이 있는데 왜 일을 해야만 하냐고. 게다가 그것도 모험가 같은 위험한 일을 말이야. 우리나라도 납세와 노동은 국민의 의무라고 되어 있지만, 백수라 불리는 나 같은 상급 직업이 잔뜩 있어. 자기 마음대로 일을 관둘 자유도 내놓으라고."

"너희 나라는 용케도 망하지 않았구나. ……뭐라고 했더라. 분명……, 만화? 너희 나라에는 그런 이름의 오락이 있지? 네가 때때로 말했지 않느냐. 그림을 잘 그리면 만화로 대박을 쳐서 평생 놀고먹을 텐데, 하고 말이다. ……예를 들어, 그 만화라는 것을 그리는 자들이 있다고 치자. 그리고 그 자들의 만화가 성공해서 거금을 손에 넣었다고 가정하는 거다. 돈이 있으니 이제 놀면서 지내겠다, 만화 완결 같은 건 내 알 바 아니다, 뒷내용은 안 그릴 거다, 같은 소리를 하면 너도 난처하지 않겠느냐?"

……난처해.

……엄청 난처할 거라고.

구체적으로 이름을 언급하지는 않겠지만 뒷내용이 궁금한 만화라면 잔뜩 있다.

"일에는 책임이 뒤따르는 법이다. 이곳은 풋내기 모험가의 마을이지. 풋내기 모험가를 기르기 위해 다양한 지원이 이뤄지고 있는 것이다. 그건 풋내기 모험가들이 언젠가 국민과 나라를 지켜줄 거라고 기대하기 때문에 이뤄지고 있는 우대 조치다. 중견 혹은 베테랑 모험가라면 거금을 손에 넣어도 모험가로서의 역할과 의무를 인식하고 있지만, 이 마을의 풋내기들은……. 어찌된 영문인지 그들 사이에서 이상한 생각이 만연하고 있지."

……응?

"이상한 생각?"

나는 욕조 안에서 다리를 쭉 펴면서 별생각 없이 물어보았다.

"그래. ……모험가들 사이에서 일하면 지는 거다, 라는 바보 같은 말이 유행하고 있는데……."

"…………."

나는 누가 그 말을 유행시킨 것인지 짐작이 되었다.

"……왜 갑자기 입을 다문 거지? 혹시 짐작 가는 구석이라도 있는 것이냐? 응? 불만이 있는 것이냐? 있다면 어디 한번 말해봐라."

"……어, 없어요……."

내가 평소에 다른 모험가에게 했던 말인데요.

3

목욕을 마치고 욕실을 나와 보니 아쿠아가 반쯤 울면서 메구밍에게 애걸복걸하고 있었다.

"한 번만 더 하자! 마지막으로 한 번만 더 해! 응?!"

"안 돼요. 몇 번을 하더라도 결과는 같아요. 아쿠아는 저에게 이길 수 없어요. 그럼 약속대로, 제 말에 한 번만 따라주는 거죠?"

아무래도 메구밍이 카드게임으로 아쿠아를 박살낸 것 같았다.

메구밍은 보드게임이나 카드게임처럼 두뇌를 사용하는 게임에서는 무패를 자랑했다.

지력이 뛰어난 홍마족답다고도 할 수 있지만 그 지력을 좀 더 건설적인 일에 써줬으면 좋겠다.

"자, 좀 이르지만 이만 자자. 일찍 자고, 일찍 일어나는 거야. 그리고 해가 뜨자마자 열쇠를 찾으러 가는 거지. 아침 첫 화장실 신호가 오기 전에 열쇠를 찾았으면 좋겠네."

"……그, 그래."

다크니스는 내 말을 듣더니 부끄러워하면서 동의했다.

아까 화장실에 갔던 다크니스는 자신이 볼일을 보는 동안, 나에게 그 소리가 들리지 않도록 고함을 지르라고 시켰다.

그러고 보니 일전에 이 저택에서 악령 퇴치를 했을 때 메구밍과 비슷한 일을 했던 것 같은데…….

내가 소리를 못 듣게 하고 싶다면 다크니스가 직접 노래를 부르라고 항의했지만, 결국 나는 무반주로 노래를 불렀다.

왠지 불합리하다는 생각이 들어서 노래를 도중에 몇 번 멈추면서 방해해줬더니, 다크니스는 내가 볼일을 볼 때 등 뒤에 서서 아무 말 없이 내 어깨를 잡고 앞뒤로 흔들어댔다.

결국 또 드잡이를 벌였지만 이런 바보 같은 짓은 이제 질렸다.

오늘은 빨리 자고 내일은 화장실을 가고 싶어지기 전에 열쇠를 찾아야겠다.

"그럼 우리는 잘 건데, 메구밍과 아쿠아는 진짜로 우리와 같이 안 잘 거야?"

"오늘은 둘이서 자세요. 보아하니 딱히 돌이킬 수 없는 실수를 저지를 것 같지는 않네요. 솔직히 말해 그런 실수를 저지를 정도로 친해졌으면 좋겠어요. 두 사람 다 좀 어른이 되란 말이에요."

메구밍은 툭하면 다투는 나와 다크니스를 어이없다는 듯 쳐다보면서 그렇게 말했다.

어른이 되라는 말을 다른 의미로 곡해하는 것은 내가 번뇌에 사로잡혀 있기 때문일까.

메구밍은 동료 이상 연인 미만 관계인 내가 다크니스와 그런 짓을 해도 괜찮다고 생각하는 걸까.

……내가 옆에 있는 다크니스를 쳐다보니 번뇌에 사로잡힌 것은 나만이 아닌 것 같았다.

다크니스가 얼굴을 벌겋게 붉힌 채 이상한 상상을 하고 있는 것 같았기에, 나는 쇠사슬을 잡아당겨 그녀의 망상을 방해하면서 방으로 향했다.

참고로 나는 구속구와 쇠사슬 때문에 셔츠를 입지 못했다.

즉, 상반신은 알몸인 상태다.

저택 안은 따뜻하니까 이불을 꼭 덮고 자면 감기에 걸리지 않을 것이다.

잠은 내 방 침대에서 자기로 했다.

나는 왼손, 다크니스는 오른손에 구속구가 채워져 있기에 나는 침대 오른편에 누웠다.

그리고 침대에 벌러덩 누우면서 이렇게 말했다.

"······상반신 알몸인 내가 아무리 섹시해도, 자는 사이에 장난을 치지는 마."

"안 한다! 성희롱이 사람 가죽을 뒤집어쓰고 걸어 다니는 듯한 너야말로, 잠이 든 내 몸 곳곳을 마구 만지작거릴 심산 아니냐?"

나는 다크니스가 입에 담은 말도 안 되는 소리를 무시하며 그대로 돌아누웠다.

"잘 자~."

"어, 어이! 지, 진짜로 자려는 것이냐? ······자, 자려는 거구나······."

나는 다크니스의 그 말을 들으면서 이불을 머리까지 뒤집어썼다.

4

······대체 얼마나 잠을 잔 것일까.

나는 자기도 모르게 다크니스 쪽으로 돌아누워서 잠을 자고 있었던 것 같았다.

눈을 떠보니 코앞에는 눈을 감은 다크니스의 아름다운 얼굴이 있었다.

나는 그런 다크니스와 이마를 마주대고 있었다.

그런 다크니스의 얼굴이 눈앞에 있었다.

그것보다—.

"……너, 뭘 하려는 거야?"

"윽?!"

나와 얼굴을 밀착시킨 다크니스에게 별생각 없이 질문을 던졌다.

다크니스는 내 말을 듣고 부르르 떨더니 눈을 감은 채 꼼짝도 하지 않았다.

"…………쿨………… 쿨……."

"어이, 자는 척 하지 마. 너 방금……."

나는 말을 이으려다 목덜미에서 위화감을 느끼고 별생각 없이 오른손으로 만져보니—.

목 언저리가 축축하게 젖어 있었다.

설마……!

"너……! 빨았지?! 내가 자는 사이에 내 목덜미를 빨면서 온몸을 만져댄 거지?!"

"아아아아, 아니다~! 아직 그런 짓은 안 했단 말이다! 잠깐만! 아니다! 진짜로 아니란 말이다!"

다크니스는 내 말을 듣고 볼을 붉히더니 눈물을 글썽거리면서 벌떡 일어섰다.

나는 여전히 축축한 목덜미를 손으로 만지며 말을 이었다.

"뭐가 아니라는 거야! 그럼 내 목덜미가 왜 이렇게 축축한 건데?! 네가 성욕의 화신인 건 알고 있었지만, 내가 잠든 사이에 이 순결한 몸에 이딴 장난을 칠 줄은 몰랐다고……!"

다크니스는 내 말을 듣고 자신의 입술에 검지를 댔다.

"모, 목소리가 너무 크다! 그, 그런 게 아니라……! 지, 진짜로 아직 아무 짓도 안 했다! 저기, 정신이 들고 보니 내가 네 목덜미에 얼굴을 묻고 있었다! 그래서 네 목에 내 침이 묻은 거다……! 닦아줘야겠다고 생각했지만, 구속구가 채워진 채 무방비하게 잠들어있는 너한테 그런 짓을 하면 안 될 것 같아서…… 해선 안 될 짓을 하는 느낌이 들어서……! 그, 그래서 왠지 점점 흥분이 되더니……!"

역시 장난을 친 거잖아.

나는 상체를 일으킨 후 자신의 몸을 만져봤다.

"……뭐야. 아직 벨트도 차고 있잖아……. 진짜로 아직 아무 짓도 안 한 거구나……."

"너, 너는 왜 그렇게 아쉬워하는 거냐……."

다크니스는 진짜로 흥분을 한 건지 볼이 발그레해졌으며 숨결도 약간 거칠어졌다.

"……네가 음란한 육체를 지닌 성욕의 화신이라는 것은 알고 있었지만, 진짜로 잠든 남자를 덮칠 줄은 몰랐어. 예전에 나한테 약을 먹이려고 했을 때도 갈 데까지 갈 작정이었지? 앞으로는 너를 변태니스라고 부르겠어."

"그, 그것만은 안 된다……! ……으…… 흐응! ……이, 이런 상황에서 화난 너한테 성욕의 화신이니 변태니 같은 말을 듣고 가슴이 두근대는 나도 갈 데까지 간 걸지도 모르겠구나……."

"이제 와서 그런 걱정하지 마. 너는 처음 만났을 때부터 갈 데까지 갔었다고."

나는 그렇게 말하면서 거칠게 이불을 덮은 후 다시 침대에 드러누웠다.

다크니스는 부끄러워하며 내 옆에 누웠다.

"……그리고 보니 처음 만났을 때는 이런 사이가 될 거라고 생각도 못했지. 당시의 나는 지금보다 더 말주변이 없었다. 지금보다 더 의사소통이 서툴렀지. ……그리고, 지금보다 더 너와 거리를 두고 있었다……."

정적이 감도는 어두운 방 안에서―.

다크니스는 그렇게 말했다.

"뭐, 너는 귀족 아가씨니까 함부로 남들과 가까워지는 것도 문제가 되잖아. ……처음 만났을 때의 너는 지금보다 말

수도 적고 고지식한 데다, 나한테 설교도 안했고, 나와 다투지 않는…… 뭐, 좀 야하고 이상한 구석이 있기는 했지만 좀 어른스러운 이미지였어."

내가 천장을 보며 누워서 그렇게 말하자 다크니스는 재미있다는 듯 웃음을 흘렸다.

"처음 만났던 시절의 너는 솔직하지 못한 구석이 있지만 근면하고 나쁜 짓을 하지 않을 것 같은…… 성실하고 진지하며 상냥한 녀석이라고 생각했다."

다크니스는 침대 위에서 나를 향해 돌아눕더니 내 얼굴을 쳐다보면서 그렇게 말했다.

"하지만 지금은 하나도 성실하지 않고, 진지함과는 거리가 멀 뿐만 아니라, 나쁜 짓도 서슴없이 저지르는 쓰레기 같은 남자라고 말하는 것처럼 들리네."

"그런 뜻으로 한 말이다만?"

다크니스는 내 말을 듣고 웃음을 흘리더니—.

"……저기, 카즈마."

잡담이라도 하는 듯한 투로—.

"응?"

별생각 없이 다크니스를 향해 고개만 돌린 나를 향해—.

"……너는, 메구밍을 좋아하는 것이냐?"

하늘에는 구름이 끼어있는 것 같았다.

얼마 전까지 보름달이 떠있었지만 현재 창문을 통해서는 옅은 달빛만이 스며들어오고 있었다.

그리고 그 빛이 옅어서 그런지 다크니스의 세세한 표정까지는 알 수가 없었다.

하지만—.

"……이, 이상한 걸 물어봤구나. 미안하다."

부끄러워하면서 그렇게 말한 다크니스의 매끄럽고 새하얀 피부가 붉게 달아올라 있다는 것은 알 수 있었다.

이런 상황에서 느닷없이 그런 걸 물어보는 건 좀…….

"뭐, 싫어할 리 없잖아. 좋아하기는 해. 아쿠아도 좋아하고, 당연히 너도 좋아해."

다크니스는 내 말을 듣고 잠시 침묵하더니—.

"……그건 나를…… 이성으로서, 가 아니라…… 동료로서, 좋아한다는 말이지?"

곧 쓸쓸함이 희미하게 묻어나는 다크니스의 목소리가 어두운 방 안에 퍼져나갔다.

……어, 뭐가 어떻게 된 거야?

위험한 분위기다.

매우 위험한 분위기다.

동정인 데다 여성과 사귄 적이 없는 나도 알 수 있다.

이 대화를 계속했다간 큰일이 날 것 같았다.

틀림없이 큰일이 날 것이다.

어째서일까. 나는 아직 동정인 데다 여자의 속살도 제대로 감상한 적이 없는데, 왜 메구밍 때에 이어서 이런 상황에 연이어 처하는 걸까.

어째서일까. 나는 아직 키스도 해본 적이 없는 인간인데, 왜 이렇게 리얼충이 할 법한 고민에 직면하고 마는 걸까.

내가 답을 찾지 못하자, 다크니스는 자신의 오른손에 채워진 구속구의 쇠사슬을 살며시 잡아당겼다.

아주, 약간 말이다.

그러자 그 사슬에 이어진 내 왼손이 그에 맞춰 움직였다.

"저기……. 너는, 메구밍을…… 이성으로서 좋아하는 것이냐?"

다크니스는 그렇게 말하면서 잡아당긴 내 왼손을 양손으로 감싸듯 움켜쥐었다.

희미한 온기가 느껴지는 부드러운 손의 감촉이 느껴지자—.

나는 잔뜩 긴장한 상태에서 뭐라고 대답할지 생각해봤다.

현재 메구밍과 나는 동료 이상 연인 미만인 사이다.

아쿠아와 다크니스에게 비밀로 하기로 했지만 다크니스는 눈치를 챈 것일까.

……나는 메구밍을…….

"……모, 모르겠어. 솔직히 말해 나도 잘 몰라. 하지만 싫어하지는 않아. 아마 이성으로서도 좋아한다고 생각해. 같이 있으면 마음이 진정되기도 하고, 뭐랄까……. ……그 녀석과 있으면 묘하게 편하거든."

나는 그런 말을 별생각 없이 했다.

그것이 아마 나의 솔직한 마음일 것이다.

평소 딱히 의식하지는 않지만 때때로 놀림을 받을 때마다, 그리고 이런저런 사건이 벌어질 때마다, 점점 내 마음속에서 메구밍이라는 존재가 커져가는 것이 느껴졌다.

어두운 방 안에서 다크니스와 시선을 마주한 나는 그런 내 마음을 있는 그대로 전했다.

어째서일까.

이유는 모르겠지만 나는 얼버무리거나 둘러대지 않았다.

그저, 있는 그대로를 전했다.

"……그러하냐."

그렇게 중얼거린 다크니스는 움켜쥐고 있던 내 손을 살며시 내 가슴 쪽으로 밀어냈다.

그리고 그녀는 반대편으로 돌아누웠다.

…………

다크니스가 그대로 입을 다물자 주위는 정적에 휩싸였다.

……그 정적을 참다못한 내가 입을 열려고 한 순간―.

"이대로가 좋다."

다크니스는 그렇게 말했다.

뭐가, 라거나…….

그게 무슨 소리야, 라거나…….

내가 그런 말을 하기도 전에 다크니스는 돌아누운 채 말을 이었다.

"……이대로가 좋다. 아쿠아가 사고를 쳐서 울음을 터뜨리면, 네가 어쩔 수 없다는 듯이 그 사고를 수습하는 거다. 메구밍이 마법을 쏴서 뭔가를 박살내면, 네가 메구밍과 함께 사과를 하러 가는 거다. 내가 바보 같은 짓을 벌이면 네가 화를……."

다크니스는 그런 영문 모를 독백을 돌아누운 채 계속 늘어놓았다.

"메구밍의 일과에 어울리기 위해 너희가 오늘 아침에 같이 외출했던 것처럼, 다 같이 도시락을 싸서 호수에 가기도 하는 거다. 나와 네가 한심한 일로 드잡이를 하거나, 아쿠아가 느닷없이 여행이라도 가고 싶다면서 어리광을 부리면 네가 불평을 늘어놓으면서도 다 같이 여행을 갈 계획을……."

말을 잇고 있는 다크니스의 목소리가 점점 떨리기 시작했다.

"그리고 때로는 느긋하게 지내고 싶다는 네 말과 달리, 여행지에서는…… 또 문제가 생겨서……."

나는 다크니스의 어깨를 향해 손을 뻗었다.

"어, 어이. 왜 그러는 거야? 좀 진정해."

나는 그렇게 말하고 다크니스의 몸을 돌리기 위해 그녀의 어깨를 잡은 손에 힘을 줬지만—.

"……하지만 네가 누군가와 맺어진다면, 분명 이 관계는 변하고 말겠지. 분명 지금처럼 지내지는 못할 거다……. 이대로는 안 되는 것이냐? 쭉, 이대로 변함없이……. 빚을 갚기 위해, 네가 별의별 수단을 동원하면서 돈을 마련하려 하고……. 그러다 뜻밖의 강적과 마주친 바람에 다들 목숨만 겨우 부지한 채 도망치는 거다. ……그렇게 지내면 안 되는 것이냐?"

다크니스는 돌아눕는 것을 필사적으로 거부하면서 그런 독백을 늘어놓았다.

그리고—.

"연인이 필요한 것이냐? ……그 상대는 꼭 메구밍이어야만 하는 것이냐?"

다크니스는 여전히 돌아누운 채 조용한 목소리로 그렇게 말했다.

"그, 그게……. 딱히 연인이 필요한 건……."

내가 말을 끝까지 잊지 못하자—.

"……그저 여자를 안고 싶은 것이라면, 나를 안으면 되지 않느냐. 나라면 너의 그 어떤 요구도 다 들어줄 수 있다. 그 어떤 짓이든 다 받아주마."

이 바보 여자가 대체 무슨 소리를 하는 거야.

"너, 나를 바보 취급하는 거지? 진짜로 화낼 거야. 딱히 그런 게 아니라고. 그건, 그러니까……."

나는 또 말문이 막혔다.

나는 대체 뭘 어쩌고 싶은 걸까.

……바로 그때, 다크니스의 어깨가 떨리고 있다는 것을 눈치챘다.

"……너, 오늘은 여러모로 이상하잖아. 진짜로 왜 이러는 거야? 일단 한숨 자. 오늘은 자고, 내일 다시……."

내가 그렇게 말한 순간—

다크니스가 갑자기 나를 향해 돌아누웠다.

"……윽."

나는 다크니스의 얼굴을 보고 숨을 삼켰다.

울고 있었다.

다크니스는 눈물을 뚝뚝 흘리고 있었다.

그런 다크니스는 자신의 어깨를 움켜쥔 내 오른손을 꼭 잡더니—

"나는 안 되는 것이냐……? ……응? 나는, 안 되는, 것이냐……?"

우는 얼굴로 그렇게 말했다.

6

나는 어린애처럼 울고 있는 다크니스의 어깨에 손을 얹은 채 아무 말도 하지 못했다.

이대로 시간이 얼마나 흘렀을까.

울고 있던 다크니스가 내 손을 살며시 잡더니 자신의 어깨에서 떼어냈다.

"……꼴사나운 모습을 보였구나."

다크니스는 아직도 훌쩍거리면서 새빨개진 눈으로 부끄러워하듯 그렇게 중얼거렸다.

여자가 울 때 뭘 어떻게 하면 될지 정말 모르겠네. 나한테는 허들이 너무 높다고.

아쿠아가 울 때와는 상황이 달랐다.

이럴 때 입에 담을 적당한 말이 생각나지 않았다.

다크니스가 울음을 터뜨린 이유조차 떠오르지 않기 때문에 나는 아직도 동정인 것이리라.

다크니스는 울어서 빨개진 눈으로 나를 지그시 쳐다보았다.

마치 내가 무슨 말을 하기만 기다리고 있는 표정이었다.

어쩌지. 무슨 말을 하면 될까.

내가 당황한 채 아무 말도 하지 못하며 입을 다물고 있자, 다크니스는 고개를 숙인 채 독백을 하기 시작했다.

"……나는 원래라면 그 영주의 것이 되었을 여자다. 하지만 네가 나를 구해줬다. 나에게 자유를 줬지. ……지금 내가 바라는 것은 네가 준 이 행복한 생활을 지키는 것이다. 다 같이 변함없이 이대로 지낼 수 있다면, 그럴 수만 있다면 나는……."

…………．

"그래서 네 몸을 내놓겠다는 거야? 너, 바보지? 그 영주 때도 네 몸을 내놔서 어떻게든 하려고 했잖아. 나를 얕보지 말라고, 다크니스. 나는 딱히 야한 짓이 하고 싶어서 연인을 만들고 싶은 게 아니고, 아무나 연인으로 삼고 싶은 것도 아냐. 저기…… . ……지난번에 메구밍에게 고백을 받았어. 그 후로 뭐랄까……. 나도 점점 그 녀석이 신경 쓰이기 시작하더라고. 그리고 뭐랄까…… 아아, 나도 메구밍을 좋아하는구나…… 하고 요즘 들어 의식하게 됐다고 할까……."

무슨 말을 하고 싶은 건지도 모르는 상태에서 내가 입에서 나오는 대로 늘어놓는 말을 다크니스는 묵묵히 듣고 있었다. 그리고―.

"나도……."

다크니스는 고개를 숙인 채―.

"……나도, 너를 좋아한다."

느닷없이 그런 소리를 했다.

전부터 어렴풋이 짐작하고 있던 그 고백을 들은 순간, 나는 당황한 채 숨을 삼켰다.

"……처음에는 막연하게 내 취향의 남자라고 생각했다. ……너는……. 잘 생기지도 않았고, 밝히는 데다, 가능한 한 편하게 인생을 살고 싶어 하는 얼간이지. 제대로 일도 하지 않으며 꼭두새벽부터 술을 마시는 데다, 빚을 지기도 했었지 않느냐. ……후후."

이 녀석의 취향은 그런 인간쓰레기다.

적어도 이 녀석이 나를 칭찬하는 게 아니라는 것은 충분히 알겠다.

"너 때문에 빚을 지게 됐다는 걸 잊지 말라고."

내가 그렇게 말하자 다크니스는 빙긋 웃었다.

"그럼 몸으로 그 빚을 갚아도 되겠느냐?"

"잘못했습니다. 다시는 그런 소리를 하지 않겠습니다. 정말 죄송합니다."

나는 주저 없이 사과했고 다크니스는 웃기다는 듯 어깨를 부르르 떨었다.

다크니스는 고개를 숙인 채 말을 이었다.

"……그런 네가 다양한 강적들을 차례차례 쓰러뜨릴 때마다 나는 통쾌했다. 너보다 강하고 경험도 뛰어난 마검사, 너와는 비교도 되지 않을 만큼 강한 마왕군 간부……. 너는 매번 나를 놀라게 했다. ……그 영주 앞에서 돈을 흩뿌렸을 때는 진짜 끝내줬지."

…………

방금 그건 칭찬 삼아 한 말인 것 같았다.

"……처음에는 변변찮았던 너는 점점 변했지. 그 어떤 상대라도, 제아무리 강적일지라도, 최약체 직업인 너는 딱히 강한 장비도 없이 상대했다. 초보자가 쓰는 간소한 활과 이상한 이름이 붙은 한손검 한 자루만 들고 아무리 어려운 문제도 전부 해결했지. 그리고, 어느새 그 막대한 빚까지 전부 갚았어⋯⋯."

다크니스의 말을 들으니 불가사의하게도 자기 자신이 엄청난 인간이라는 느낌이 들었다.

"너는 어느새 내 취향에서 완전히 벗어나고 말았다. 처음에는 일도 제대로 하지 않으며 대낮부터 술만 퍼마셨는데⋯⋯. 어느새, 내가 좋아하는 인간쓰레기와는 거리가 먼 인간이 됐지."

어째서일까.

"⋯⋯너를 좋아한다. 처음에는 네가 내 취향의 인간쓰레기라서 끌렸을 뿐이다. 하지만 어느새⋯⋯. 내가 좋아하는 타입이 너로 바뀌었다. 이제 네가 어떤 인간이 되든, 나는 분명 너를 계속 좋아할 거다."

큰일이 난 것 같았다.

기쁘긴 했다.

어마어마하게 기뻤다.

"너를 좋아한다. ⋯⋯너는 메구밍을 좋아한다고 방금 말했지. 그래도 나는 너를 좋아한다. ⋯⋯나는, 메구밍도 좋아한다. 아쿠아도 좋아한다. 지금 이 관계를 망가뜨릴 바에야 이 마음을 쭉 가슴 속에 숨겨둘 생각이었다. 하지만⋯⋯."

다크니스가 고개를 들었다.

그리고 내 얼굴을 똑바로 쳐다보았다.

"얼마 전에 메구밍의 어머님에게서 들었던 말에 따르면, 메구밍이 너한테 동료 이상의 관계가 되자는 말을 했다면서?"

우는 바람에 새빨개진 눈으로―.

눈물 자국이 남아있는 얼굴로―.

"나는 딱히 인내심이 센 여자가 아니었던 것 같다. 나는 메구밍을 좋아하는데도…… 너를 빼앗기는 게 괴롭고, 두렵다."

소중한 무언가를 잃는 것을 두려워하며 겁을 먹은 소녀 같은 얼굴로―.

"……저기, 카즈마. ……나는…… 안 되겠느냐……?"

대답을 듣는 것을 두려워하듯 머뭇거리면서 그렇게 말했다.

아아, 큰일 났다.

기쁘다.

다크니스가 나를 좋아한다고 말해줘서 정말 기쁘다.

……이렇게 기쁜데도…….

큰일 났다는 생각이 들 정도로 가슴이 아프다.

"다크니스……. 저기……."

가슴이 아프다.

너무나도 아프다.

"다크니스, 나도 너를 싫어하지 않아. 아니, 내 지금까지의 인생을 통틀어도, 너처럼 아름다운 연상 여성에게 사랑을 받은 적은 없어."

괴롭다.

말을 하면서도 괴롭다.

젠장, 왜 이 세상은 에로 게임 같은 세상이 아닌 거야.

나는 가슴에서 느껴지는 고통 때문에 눈물이 날 것 같았지만, 눈물자국이 남은 얼굴로 나를 올려다보고 있는 다크니스를 지그시 응시하며 말을 이었다.

"……나는 말이지. 원래 살던 나라에서는 연애 같은 것과 전혀 인연이 없었어. 실은 평생 그 누구와도 사귀어보지 못할 거라고 생각했어……. 여자애와 제대로 이야기를 나눠보지도 못한 채 일생을 마칠 거라고 생각했어……. 그런 내가 너한테 좋아한다는 말을 들었잖아. 기쁘지 않을 리가 없다고."

내가 하고 싶은 말, 그리고 내 진의를 이해하기 위해, 다크니스는 불안한 표정으로 나를 쳐다보았다.

……가슴이 아파서, 눈물이 날 것만 같았다.

라이트노벨처럼, 게임처럼…….

하렘 만화처럼…….

"하지만……. ……미안해. 나는 이미 누군가를 신경 쓰고 있는 상태에서, 다른 누군가에게 고백을 받았다고 그 사람을 좋아한다 말할 수는 없어. 그리고 양다리 같은 걸 할 정도로 연애 경험이 많지 않은 데다, 그 정도로 쓰레기는 아냐. 나는 너와 사귈 수 없어."

이 세계가 일부다처제라면 좋을 텐데…….

그럼 누구 한 명을 고르지 않고도 상황을 수습할 수 있을 텐데…….

내가 그런 공허한 생각을 하는 가운데—.

다크니스는 눈을 내리깔면서 고개를 숙였다.

—서로가 아무 말도 하지 않고 어느 정도의 시간을 보냈을까.

이윽고 다크니스가 입을 열었다.

"……진지하게 생각해줘서 고맙다. ……그리고, 난처하게 만들어서 미안하구나."

다크니스는 그렇게 말했다.

그리고 침대 위에서 몸을 일으키더니 개운한 미소를 지었다.

그것은 다크니스가 평소에 짓던 자신만만한 미소였다.

온화함을 갖췄을 뿐만 아니라 그 안에 굳건한 심지를 갖춘 미소다.

그런 다크니스는 두 손으로 얼굴을 가린 머리카락을 쓸어 넘긴 뒤, 그대로 침대에서 일어서며 개운한 표정을 짓고 팔짱을 꼈다.

그리고 자신감과 자애로 가득 찬 얼굴로 또 미소를 짓더니—.

나에게 등을 보이면서 당당히 뒤돌아섰다.

"……카즈마, 나는 이만 가보마. 내일 보자. ……역시 나는
너를 좋아한다. 얼마든지 얼버무릴 수 있을 텐데, 이렇게 내
마음과 결판을 내준, 너를……."

다크니스는 그렇게 말하고 이 방에서…….

어이, 잠깐만!

"기다……!"

잘그락, 하는 쇠사슬 소리가 들렸다.

방 안의 분위기가 달아오른 탓인지, 서로를 잇고 있는 쇠
사슬을 까맣게 잊은 다크니스가 멋진 대사를 남기며 이 방
을 나서려했지만—.

"으윽?!"

내 왼손과 이어진 쇠사슬 때문에 오른손이 잡아당겨지고
말았다.

결국 다크니스는 내 상체를 잡아당기면서 오른손을 중심
으로 반 회전을 하더니, 그대로 침대 가장자리에 안면을 찧
고 말았다.

………….

아픈 건지, 다른 이유가 있는 건지…….

다크니스는 침대 가장자리에 얼굴을 처박은 채 꼼짝도 하
지 않았다.

"……어, 어이. 괜찮……."

내가 말을 건네자, 다크니스는 나한테 얼굴을 보여주지 않으려는 것처럼 고개를 푹 숙인 채 융단 위에서 무릎을 끌어안고 앉았다.

그리고 얼굴은 그대로 무릎 사이에 묻었다.

유심히 보니 다크니스의 어깨가 희미하게 떨리고 있었다.

그리고 언뜻 드러난 귀 부분이 수치심 때문인지 새빨갛게 되었고—.

"……………………푸읍!"

"윽?!"

그 상황에서 내가 무심코 웃음을 터뜨리는 건 어쩔 수 없는 일 아닐까?

7

"죽여 버리겠다! 너를 죽이고 나도 죽겠어!"

"그리고 아침이 되면, 아쿠아가 우리 둘 다 소생시키겠죠! 아무튼 아까 웃어서 미안해! 하지만 어쩔 수 없잖아! 너한테도 잘못은 있다고! 긴장한 직후에 그런 일이 벌어졌는데 어떻게 웃지 않고 배기냐고!"

우리는 한밤중에 체인 데스매치를 벌이고 있었다.

"나는 이래 봬도 진심이었다! 여자애가 용기를 짜내서 고백을 한 후에 어떤 실수를 저지르든 비웃는다면 살해당해도 할 말 없을 거다! ……응, 그래……. 이 녀석은, 이 남자는 이런 녀석이었지……! 어이, 하다못해 한 대만 때리자!"

말도 안 되는 소리 하네!

"하, 하지만……! 그렇게 진지한 표정으로 나가려고 하다가……! 풋……, 푸풉……!"

"죽여 버리겠다!"

아까 상황을 떠올린 내가 또 웃음을 터뜨리자 다크니스는 그대로 나에게 달려들었다.

"자, 잘못했어! 그, 그래! 내가 잘못했어! 아까는 웃으면 안 됐어! 한 대! 한 대 맞아줄 테니까, 용서해줘!"

나는 그렇게 말했고 다크니스는 치켜든 주먹을 슬며시 내려놓았다.

"……좋다. 그럼 똑바로 서서 눈을 감아라."

하아하아 하고 거친 숨을 내쉬던 다크니스는 나를 노려보며 그렇게 말했다.

무섭거든?

어마어마하게 무섭거든?

젠장, 아무리 괴력을 지닌 다크니스의 펀치라도 한 방 정도라면 버틸 수 있을 거야!

견딜 수 있어……!

견딜 수, 있을 거야……!

"간다. 각오는 됐겠지?"

내가 융단 위에 서서 눈을 꼭 감자 다크니스는 그런 내 앞에서 그렇게 말했다.

나는 각오를 다진 후—.

"그, 그래! 됐어!"

내가 그렇게 말한 순간, 눈을 감은 내 얼굴에 무언가가 닿았다.

닿은 순간에 몸을 움츠렸지만 그것은 내 볼을 쓰다듬는 다크니스의 손길이었다.

그걸 눈치챈 순간, 내 입술에 부드러운 무언가가 닿았다.

"……읍?!"

나는 키스를 받아본 적도 없지만, 내 입술에 닿은 것이 무엇인지는 눈을 감은 상태에서도 바로 눈치챘다.

눈을 떠보니 화난 듯한 표정을 지었으면서도 귀까지 빨개진 다크니스가 왼손으로 내 볼을 쓰다듬고 있었다.

그리고 나한테서 살며시 떨어진 다크니스의 입술 사이로 혀끝이 보였고, 내 입술이 닿았던 부분을 날름 핥았다.

"앗……, 너……!"

항의를 해야 하겠지만 무슨 말을 하면 좋을까.

내가 말문이 막히자 다크니스는 쇠사슬로 연결된 오른손을 반대편으로 빼서 내 왼손을 잡아당겼다.

　그리고 내 손목을 움켜잡더니 내 귓가에 입을 대고 이렇게 말했다.

　"……아까까지는 순순히 포기할 생각이었지만, 이제 관뒀다. 나는 너나 메구밍보다 연상인 데다 귀족이지. 내일부터 내 입장을 고려하여 거리를 두마. 하지만, 마지막으로……."

　다크니스는 내 가슴을 두근거리게 하는 말을 속삭인 뒤 손목이 잡힌 나를 그대로 침대에 쓰러뜨리듯 덮쳤다!

　"어, 어이! 다크니스, 뭐하는 거야?! 잠깐만! 위험해! 이 흐름은 위험하다고! 아무튼 엄청 위험하단 말이다!"

　침대 위에서 다크니스에게 덮쳐진 나는 어떻게 하면 좋을지 생각했다.

　얼굴을 붉힌 다크니스는 그런 나를 향해 거친 숨을 내쉬며 이렇게 말했다.

　"너는 항상 나를 변태니스니, 에로니스라고 부르며 야한 걸 밝히는 애로 취급했지?! ……그래, 나는 밝힌다! 그냥 확인정해주마! 오늘은 너를 재우지 않을 거다. 아침까지 너를 실컷 능욕해주마!"

　"알았으니까 일단 진정해. 이, 이런 식으로 첫 경험을 하는 건 좀 그렇다고 생각한단 말이야. 그러니까 일단 진정……
컥?!"

그렇게 말하면서 몸을 일으키려 하던 내 왼손을—.

다크니스는 오른손으로 움켜잡더니 체중을 실으면서 내 머리 위쪽으로 들어 올려 내리눌렀다.

그러자 나는 침대에 드러누운 자세가 되었다.

내 왼손을 꼼짝도 못하게 한 다크니스는 내 허리 위에 그대로 올라앉았다.

위험하다.

이 자세는 본격적으로 위험하다.

"어이! 잠깐만, 다크니스! 좀 진정해! 그만하라고! 이러면 안 된……!"

상기된 얼굴로 하아하아 하고 거친 숨을 내쉬는 다크니스가 아직도 설득을 시도하는 내 얼굴을 왼손으로 쓰다듬었다.

"예전에 내 본가에서 네가 내 몸 위에 올라탄 적이 있었지……. 이번에는 입장이 반대가 됐구나……!"

진짜로 위험하다.

구체적으로 설명하자면 거시기가 거시기해지려고 했다.

"……응? ……앗."

다크니스는 내 몸 위에 올라탄 바람에 그걸 눈치챈 것 같았다.

그녀는 부끄러워하듯 작게 신음을 흘렸다.

하지만 거시기가 거시기해졌는데도 다크니스는 내 몸 위에서 내려오지 않았다.

큰일 났다. 휘말리면 안 된다. 이런 에로 게임 같은 상황에 휘둘려선 안 된다!

진정해, 사토 카즈마. 너는 메구밍을 배신할 거냐?

어제 일을 떠올려!

나와 메구밍이 동료 이상 연인 미만의 사이가 되기로 한 게 바로 어제 일이잖아!

이대로 갈 데까지 갔다간 나를 위해 헌신해주는 메구밍의 마음을 배신하는 게 돼……!

그래! 아무리 다크니스가 억지로 나를 덮치는 바람에 저항을 하지 못했다는 대의명분이 있다고 해도……!

다크니스는 약간 부끄러워하면서도 내 볼을 왼손으로 쓰다듬고 얼굴을 가까이했다.

"그, 그만해! 그만하라고, 다크니스! 젠장, 이럴 수가……! 최약체 직업인 내 근력으로는 상급 직업인 너한테 힘으로 저항할 수가 없어……!"

나는 필사적으로 다크니스에게 말을 걸며 자유로운 오른손으로……!

……자유로운 오른손?

"어이, 다크니스! 오른손! 내 오른손이 자유로워! 네 왼손으로 내 오른손을 제압하지 않으면, 내가 저항할 거라고! 나는 드레인 터치라는 성가신 스킬을 지녔으니까 주의하란 말이야!"

"어? 앗⋯⋯!"

다크니스는 내 지적을 듣고 화들짝 놀라더니 허둥지둥 내 오른쪽 손목을 움켜잡았다.

맙소사. 이걸로 나는 두 손의 자유를 완전히 빼앗기고 말았다.

젠장, 나한테는 메구밍이 있으니까 이대로 다크니스에게 유린당할 수는 없어⋯⋯!

내가 필사적으로 다크니스한테 깔린 채 버둥거리고 있을 때―.

"⋯⋯어이, 다크니스. 뭐하는 거야? 왜 아무것도 안 하는 건데?"

"⋯⋯어? 아, 그게, 양손으로 너를 제압한 상태라서 이제부터 어떻게 할지 고민을 하고 있는 중이다만⋯⋯."

내 두 손목을 움켜잡은 다크니스가 그런 한심한 소리를 늘어놓았다.

"야 이 바보야! 네 입은 뒀다가 어디 써먹을 건데?! 이미 내 상반신은 알몸이잖아! 그 입으로 하고 싶은 걸 다할 수 있는 상황 아냐?!"

"앗 그, 그렇구나⋯⋯."

다크니스는 당황한 상태에서도 내 목덜미를 향해 자신의 혀를⋯⋯!

⋯⋯하지만 다크니스는 겁을 먹은 것인지, 혀가 내 목덜미

에 닿을락 말락 하는 상황에서 우물쭈물하고 있었다.

나는 그런 다크니스를 향해 비통한 목소리로 외쳤다.

"젠장! 이런 애태우기 플레이를 하다니! 역시 에로니스! 하지만 나는 굴하지 않아! 그래도 주저하지 말고 빨리 해주시면 고맙겠습니다!"

"앗! 그래! 그럼, 가, 간다……!"

다크니스가 그렇게 말하며 혀끝을……!

"앗, 잠깐만! 아래쪽이 터질 것만 같아! 벨트를 좀 풀어줘! 「입으로는 싫다고 하지만, 몸은 정직하구나……!」라고 말하면서 벨트를 푸는 거야!"

"그, 그래, 알았다……! 입으로는 싫다고 하지만, 몸은 정직하구나……!"

다크니스는 그렇게 말하며 내 손목을 놓고 벨트를……!

"이 바보야! 손을 놓으면 어떻게 해! 내가 저항을 하지 못하도록 꽉 잡고 있으라고!"

"앗! 미, 미안하다!"

내가 질책을 하자 다크니스는 반사적으로 사과했다.

"좀 아쉽지만 내 위에서 내려온 다음, 누워있는 나를 옆에서 누르듯이……. 그래, 그거야. 그리고 네 오른 팔뚝으로 내 왼쪽 손목을 누른 다음, 오른손을 뻗어서 내 오른쪽 손목을 움켜잡는 거지. ……그래. 그렇게 하면 네 왼손이 비지? 참, 그리고 내가 몸을 일으키지 못하도록 너의 그 풍만

한 가슴으로 내 배와 가슴팍을 누르는 거야……!"

"이, 이렇게 말이냐……?! 조, 좋다! 그럼 이제 오른손으로 벨트를……!"

내가 비통한 목소리로 지시를 내리자, 다크니스는 변변찮은 저항도 하지 못하는 무력한 나의 벨트를……!

"아야야야야야얏! 조르면 어떻게 하냐고! 풀란 말이야! 벨트를 풀어! 「후훗……, 꽤 괴로워 보이는구나……!」라고 말하면서 서서히 벨트를 풀란 말이다!"

"아, 알았다! 서, 서툴러서 미안하다……! 홋……, 후훗, 꽤 괴로워 보이는구나……! 여기는 싫다고 말하고 있지 않은걸……!"

"좋아! 나이스 애드리브야!"

다크니스는 저항을 하지 못하는 나를 향해 그렇게 말한 후, 왼손으로 벨트를―.

"어, 어라? 어라?"

"어이, 빨리 해! 힘내! 좀 더 힘내라고! 그리고 벨트를 풀 때는 입이 딱히 아무것도 안하잖아? 그 입으로 저항을 못하는 내 알몸에 어떤 짓을 할 수 있는지 잘 생각……!"

바로 그때, 쾅 하면서 문이 활짝 열렸다.

활짝 열린 문 앞에는 언짢은 표정의 메구밍, 그리고 지칠 대로 지친 듯한 아쿠아가 서 있었다.

나는 그 두 사람을 보자마자 비명을 질렀다.

"도와줘~! 이 여자가 나를 겁탈하려고 해!"

"아앗?!"

8

아쿠아가 가지고 온 열쇠로 구속구를 풀었다.

아쿠아는 모든 어둠을 꿰뚫어볼 뿐만 아니라 밤에도 낮처럼 훤히 보인다고 자화자찬했던 자신의 암시 능력으로 이 열쇠를 찾아왔다.

일부러 아쿠아를 깨워서 열쇠를 찾아오게 한 메구밍은—.

아까 카드게임 승부에 이겨서 손에 넣은, 아쿠아가 자기 말에 따르는 권리를 이용해 다크니스가 정원에 버린 열쇠를 찾아온 것 같았다.

왜 그런 짓을 했냐면—.

"정말, 이 한밤중에 좀 적당히 떠들어요……! 제가 두 사람한테 친해지라고 했지, 언제 싸우라고 했나요?!"

메구밍의 설교를 들으면서—.

다크니스는 이 방에 깔린 융단 위에서 무릎을 꿇었다.

"……미, 미안하다……."

메구밍이 팔짱을 끼고 당당히 서자 다크니스는 무릎을 꿇은 채 고개를 숙였다.

"나, 이제 졸리거든? 열쇠도 찾아왔으니까 이제 자도 되지?"

아쿠아는 졸린 목소리로 그렇게 말했고 메구밍은 수고했다고 말해줬다. 그러자 아쿠아는 비틀거리면서 방 밖으로 나갔다.

구속구에서 풀려난 나는 침대 가장자리에 걸터앉은 채 다리를 흔들며 메구밍의 설교를 듣고 있었다.

메구밍은 고개를 숙인 다크니스를 향해 말을 이었다.

"정말, 말도 안 되는 여자라니깐. 곤히 잠든 나의 몸을 보고 발정이 난 나머지 장난을 친 걸로 모자라, 격렬하게 저항하는 나에게 그런 짓을……!"

"앗! 네, 네 놈은 정말……!"

내가 그렇게 말하자 다크니스는 무릎을 꿇은 채 나를 노려보았다.

……메구밍 또한 나를 노려보았다.

"…………."

왠지 뭐가 어떻게 된 건지 전부 알고 있는 메구밍의 시선에 견디다 못한 나 또한 다크니스의 옆으로 가서 무릎을 꿇었다.

"……저도 일단 무릎을 꿇겠습니다."

"좋은 마음가짐이군요."

메구밍은 그렇게 말했고 다크니스는 나를 곁눈질하면서 꼴좋다는 듯 슬며시 웃었다.

……이 녀석이…….

그런 나와 다크니스를 본 메구밍은 한숨을 내쉬었다.

"하아. 하룻밤 같이 있다 보면 좀 솔직해질 줄 알았는데…….
……참, 다크니스는 카즈마에게 해야 할 말을 했나요?"

""윽?!""

메구밍이 그렇게 말하자 나와 다크니스는 동시에 화들짝
놀랐다.

이 녀석은 대체 어디까지 내다보고 있는 걸까.

홍마족의 지력은 정말 무시무시했다.

진짜 이 녀석은 왜 평소에 이 뛰어난 지력을 활용하지 않
는 걸까.

"저…… 저기……. 메구밍, 미안하다……."

다크니스는 무릎을 꿇은 채 몸을 웅크렸다.

메구밍이 그런 다크니스를 향해 이렇게 말했다.

"왜 사과하는 거죠? 제가 참견할 문제는 아니잖아요. 자
신의 감정은 소중히 해야 해요. 저는 아직 카즈마와 어엿한
연인 사이가 되지 않았고, 이 방정맞은 남자가 누구를 선택
하든 저는 아무 말도 할 생각이 없어요. 그것보다, 다크니스
는 자신의 마음을 솔직히 전했나요?"

메구밍은 그런 어른스러운 의견을 내놓으면서 다크니스를
향해 상냥한 미소를 지었다.

다크니스는 그 말을 듣더니 말아 쥔 두 주먹을 무릎 위에

올려놓은 후, 메구밍을 올려다보면서 고개를 끄덕였다.

그 모습을 본 메구밍은 한층 더 환한 미소를 지었다.

그 모습은 혼자서 뭔가를 해냈다는 것을 어머니에게 보고하는 아이와, 그런 아이를 상냥한 눈길로 지켜보는 어머니 같아 보였다.

메구밍이 더 어린데도 말이다.

하지만 나는 그런 메구밍을 보니 가슴이 약간 욱신거렸다.

어째서일까.

메구밍이 조금은 질투해주기를 바라는 감정이 내 마음속에 있는 걸까.

내가 누구를 선택하든 자기는 아무 말도 할 생각이 없다는 발언을 듣고 충격을 받은 것일지도 모른다.

나는 이런 나 자신이 정말 성가신 녀석이라는 생각이 들었다.

내가 그런 복잡한 심정을 느끼고 있을 때 메구밍이 내 마음을 꿰뚫어본 것처럼 웃음을 흘리면서 이렇게 말했다.

"남자다움을 보여줄 때네요. 정나미가 다 떨어지기 전에, 멋지게 몬스터를 퇴치하는 모습이라도 보여주세요."

메구밍이 그렇게 말하자 다크니스는 동감이라는 듯 고개를 끄덕였다.

다크니스는 옛날에 일하지 않는 인간쓰레기를 좋아했다고 자기 입으로 말했으면서 말이다.

그런데 이번 세금 징수 소동도 그렇고 대체 어떤 심경의 변화가 있었던 걸까.

나는 쓴웃음을 짓고 두 사람을 향해 말했다.

"어쩔 수 없지……."

내가 그렇게 말하니 다크니스와 메구밍은 기뻐하며 웃음을 흘렸다.

이윽고—.

"참, 혹시나 해서 묻는 건데 말이죠. 결국 아무 일도 없었던 건가요?"

메구밍이 약간 안절부절 못하는 반응을 보이며 그렇게 말했다.

……어, 조금은 질투를 해주는 걸까.

그런 메구밍을 향해—.

"그래. 이 남자가 격렬하게 저항하는 바람에 나는 아무 짓도 못했다."

다크니스는 태연한 어조로 그렇게 말하면서 나를 향해 장난기 섞인 시선을 보냈다.

왠지 농락당하고 있는 느낌이 들었다.

메구밍은 그 말을 듣고 약간 안도했으며 다크니스는 으스대는 표정을 짓고 나를 힐끔힐끔 쳐다보았다.

나는 그런 두 사람을 향해 이렇게 말했다.

"……참, 아까 눈을 감았을 때 다크니스에게 기습적으로 당한 그게 내 퍼스트 뭐시기였습니다."

""윽?!""

메구밍의 표정이 딱딱하게 굳었고 다크니스는 부리나케 고개를 푹 숙였다.

1

다음 날 아침.

어젯밤에 그런 일이 있었던 탓인지 나는 결국 아침까지 잠들지 못했다.

"이, 일어났느냐, 카즈마⋯⋯. 오늘은 일찍 일어났구나⋯⋯."

내가 배가 고파서 거실에서 일찌감치 아침 식사를 하고 있을 때, 나와 마찬가지로 수면이 부족해 보이는 다크니스가 우물쭈물하며 나에게 인사를 건넸다.

"일찍 일어난 게 아냐. 너 때문에 잠을 못 잤다고. 메구밍도 그렇고, 너도 그렇고, 왜 너희는 사춘기 남자애를 도발만 잔뜩 해놓고 결국 헛물만 들이키게 하는 건데? 너희는 진짜로 나를 좋아하긴 하는 거야? 혹시 그냥 나를 괴롭히고 싶은 거 아냐?"

"그, 그렇지 않다⋯⋯! 아, 아무튼 이제 됐다. 어젯밤에는 내가 잘못했다. 나도 좀 제정신이 아니었다. 나보다 어린 메구밍에게 그렇게 마음을 쓰게 하다니⋯⋯. 그야말로 귀족

실격이구나……. 부디 어제 일은 잊어줬으면 한다…….."

다크니스는 그렇게 말한 뒤 뭔가를 후회하듯 고개를 숙였다.

"어떻게 잊겠냐고. 연상의 귀족 영애가 나한테 쇠고랑을 채웠을 뿐만 아니라, 반라 상태에서 퍼스트 키스까지 강탈당했어. 이런 체험은 아무나 할 수 있는 게 아닐걸?"

"그걸 말하는 게 아니다! 무, 물론 그것도 잊어줬으면 한다만……!"

얼굴이 빨개진 다크니스가 테이블을 내려치고 있을 때 웬일로 일찍 일어나있던 아쿠아가 이렇게 말했다.

"아침부터 왜 그렇게 흥분하는 거야? 이 남자와 하룻밤을 같이 보낸 탓에 흥분한 거야? 다크니스, 이성적으로 생각해. 네 취향을 생각하면 어쩔 수 없지만, 그래도 자기 자신을 소중히 여겨."

"어이쿠, 아쿠아가 꽤 신랄한 소리를 하는걸. 하지만 나는 알고 있거든? 지금의 나 같은 상황에 처한 녀석이 앞으로 어떻게 되는지를 말이야. 메구밍, 다크니스와 삼각관계를 형성한 나는 그 두 사람과 알콩달콩하게 살 거야. 그리고 너는 혼자만 겉돌게 되면서 쓸쓸함을 느끼다, 결국 자신의 진짜 마음을 눈치채겠지."

빵을 먹으면서 내 이야기를 듣고 있던 아쿠아가 이렇게 말했다.

"좀 더 일찍 이 망할 백수를 갱생시키는 편이 좋았다는 마음 말이지?"

"아냐! 지금까지는 단순한 동거인이라 생각했던 나를 향한 핑크색 감정을 눈치채는 거야. 하지만 아쿠아, 미안하지만 너만큼은 절대 이성으로 볼 수 없어. 젤 킹이나 촘스케에게 느끼는 그런 감정만 느낀다고."

"잠깐만 있어봐. 왜 내가 차인 것 같은 상황이 된 거야?"

우리가 꼭두새벽부터 바보 같은 소리를 늘어놓고 있을 때 평소와 마찬가지로 여교사 느낌의 사복 차림인 다크니스가 이렇게 말했다.

"나는 오늘 좀 늦게 돌아올 거다. 내 저녁은 됐으니까 너희끼리 먼저 먹도록 해. 오늘 저녁은 본가에서 먹을 예정이다……."

다크니스는 약간 어색한 말투로 그렇게 말한 후 저택을 나섰다.

……이 분위기는 뭐지?

저 녀석, 혹시 어제 일을 신경 쓰고 있는 걸까?

뭐, 내가 찬 거나 다름없는 상황이니까 신경 쓰이지 않는 게 이상한 거라고 생각하지만…….

……그러고 보니 나는 다크니스와 키스를 했다.

예전처럼 한 이불 속에서 몸을 밀착시키거나 손을 맞잡기만 한 게 아니라, 이성으로서 키스를 한 것이다.

으음, 아직 중학생의 연애 같은 느낌인걸.

하지만 이걸로 나도 웬만한 동정들과는 격이 다른 존재가 됐다.

"카즈마, 왜 그래? 평소보다 표정이 더 괴상망측하잖아."

아쿠아가 기분 나쁘다는 눈길로 나를 쳐다보며 무례하기 그지없는 소리를 했다.

"너는 여전히 눈이 옹이구멍이구나. 잘 봐둬. 이게 인기 있는 남자의 얼굴이야."

"뒤통수의 까치집이 참 멋지네요, 카즈마 씨."

그러고 보니—.

"한가하면 같이 모험가 길드에 가지 않을래? 어차피 할 일도 없잖아?"

나는 모험가 길드에 가고 싶었다.

그리고 누구라고 말은 못하겠지만 키스를 마치고 어른이 되었다는 것을 자랑하고 싶었다.

"남을 한가한 사람 취급하지 말아줄래? 오늘은 젤 킹을 데리고 마을 밖에 있는 몬스터를 해치우러 갈 거야. 어릴 적부터 몬스터를 쓰러뜨리게 해서 경험치를 벌게 하는 거지. 벌써부터 영재교육을 시켜두면 내년 즈음에는 마왕성도 한 입거리밖에 안 될 거야."

"너와 병아리가 개구리에게 삼켜지는 미래가 눈앞에 어른거리는데. 그것보다 메구밍은 어디 간 거야?"

"메구밍이라면 아침 일찍 외출했어. 융융에게 여자로서 승리선언을 하러 갈 거래."

그 녀석, 나와 비슷한 짓을 하러 간 거냐.

승리선언이라고 해봤자 나와 그 녀석은 아직 연인 미만인 사이인데 말이다.

게다가 아쿠아와 다크니스에게는 비밀로 하자고 했으면서 융융에게는 말해도 괜찮은 걸까?

아쿠아는 아까 내가 한 말을 듣고 잠시 고민하더니, 곧 손바닥 위에 있는 젤 킹을 눈높이까지 들어 올려서 시선을 맞추며 이렇게 말했다.

"그래. 이럴 때야말로 모험가 길드에 가는 거야. 저기, 카즈마. 역시 나도 같이 갈게. 한가해 보이는 사람을 잡아서, 젤 킹의 레벨 상승 작업을 돕게 할래."

"병아리의 레벨 상승 작업에 어울려주는 괴짜가 있을 것 같지는 않지만…… 뭐, 좋아. 그럼 모험가 길드에 가볼까!"

2

우리가 모험가 길드에 가보니 길드 안의 분위기는 예전과 영 딴판이었다.

"개구리 토벌 퀘스트를 함께 할 마법사를 한 명 더 모집합니다!"

"우리는 전위 직업이 두 명 부족해! 금속 갑옷 착용자 중에 같이 갈 사람 없냐?!"

"숲 근처에서 고블린이 목격됐다는 것 같아요! 보수가 좋은 고블린, 여러분이 좋아하는 고블린이에요! 초보자 킬러 대책 삼아서 인원을 넉넉하게 모집하고 있어요! 주머니 사정이 좋지 않은 분은 참가해주세요!"

"개구리와 싸우지 못하는 사람은 저희와 같이 던전에 들어가지 않겠어요? 전투는 피하고 보물 상자만 찾을 예정이에요! 도적 직업인 분을 우대해요! 보수도 넉넉히 드릴게요!"

평소 같으면 길드 한편의 술집에서 농땡이를 피우고 있을 모험가들이 오늘은 의욕을 불태우고 있었다.

마치 코멧코가 이 마을에서 지내던 시절을 방불케 하는 광경이었다.

나는 알고 지내는 모험가에게 말을 걸었다.

"어이, 뭐가 어떻게 된 거야? 왜 다들 이렇게 열심히 일하는 건데? 너희는 원래 이러지 않았잖아."

사람들이 이렇게 열성적으로 일하면 나는 당당하게 농땡이를 피울 수 없다.

시험 직전에 열심히 공부하는 다른 애들을 보고 왠지 초조해지는 것처럼 말이다.

"뭐야, 카즈마구나. 어떻게 되긴 뭐가 어떻게 돼. 다들 어제 세금을 뜯겨서 이러는 거야. 여기 있는 녀석들은 세무서 직원에게 잡혔거든. 수입 중 절반을 뜯긴 바람에 다들 지갑 안이 텅텅 비어버렸다고."

콧등에 상처가 난 모험가가 한숨을 내쉬면서 그렇게 말했다.

그러고 보니 모험가들은 기본적으로 돈을 함부로 써댄다.

여기 있는 녀석들은 요즘 벌이가 좋아서 여관 생활 같은 사치에 익숙해졌고 이제 와서 생활수준을 떨어뜨릴 수 없게 된 것이리라.

길드 안의 모험가들은 짭짤한 일거리가 없는지 필사적으로 찾고 있었다.

아무래도 다크니스와 모험가 길드 직원이 염려하던, 마을 주변의 몬스터 증식 문제도 금방 해결될 것 같았다.

"카즈마 씨, 카즈마 씨. 젤 킹의 레벨 상승 작업을 도와줄 사람이 있긴 할까? 다들 바빠 보이는데."

"그건 보수에 달려있을걸? 그런데 너, 돈은 있어?"

아쿠아는 나에게 젤 킹을 넘겨주더니 자신의 지갑을 꺼내고 이렇게 말했다.

"아쿠시즈 교회에 가지고 가면 내가 무료로 참회를 들어주는 티켓이 있는데, 이걸로 의뢰를 받아주는 사람은 없을까?"

"받자마자 확 찢어버릴 것 같으니까 관둬. 다들 돈이 없어서 신경이 곤두서 있다고."

하지만 난처하게 됐다.

한가해서 죽으려고 하는 녀석들에게 내가 요즘 얼마나 리얼충스러운 삶을 사는지 자랑하고 싶었는데…….

바로 그때였다.

"앗, 카즈마다! 어이, 세무서 녀석한테 들었어! 이 갑작스러운 세금 징수는 라라티나의 아이디어라며?"

나와 친분이 있는 모험가가 길드 입구에 서 있던 우리를 향해 느닷없이 그런 소리를 했다.

아마 이 녀석도 어제 잡혀서 세금을 뜯겼는지 분노를 터뜨리며 나에게 불평불만을 늘어놓았다.

"어이, 나와 아쿠아도 다크니스에게 쫓겨 다녔거든? 그리고 우리한테 그런 소리를 하지 말라고. 본인의 말에 따르면 일을 하지 않는 모험가들의 의욕을 불러일으키는 게 첫 번째 이유이고, 두 번째 이유는 절박해진 이 나라의 재정 개선이라더라."

내 말을 듣고도 그 모험가는 불만을 계속 드러냈다.

"요즘 들어서 전혀 일을 안 했지만, 그래도 장기 숙성 퀘스트를 전부 처리했는데……."

그 말에 동의하듯 근처에 있던 모험가들도 불만을 털어놓았다.

"그리고 재정 개선이라고 해봤자, 우리에게서 뜯어낸 세금을 대체 어디에 쓰는 건데? 나, 라라티나가 요즘 들어 어린 남자애한테 뭔가를 가르치고 있다는 소문을 들은 적 있어."

아쿠아는 느닷없이 폭탄 발언을 한 남자를 향해 이렇게 외쳤다.

"다크니스가 이번에는 쇼타콤 속성까지 섭렵하려고 하는 거야?! 그 애는 대체 얼마나 욕심이 많은 거야?!"

아무리 그 녀석이라도 어린애를 건드리지는 않을 것이다. 그게 넘어서는 안 될 선이라는 것은 알고 있을 테니까…….

아, 아마도…….

게다가 어젯밤에 그 녀석이 나에게 보여줬던 그 한결같은 마음도 생각났다.

다크니스의 마음을 거부한 나도 눈물이 날 것 같았는데, 그 녀석이 몰래 어린 남자애와 그렇고 그런 짓을 하고 있다면 아무리 나라도 확 에리스 님의 곁으로 가버릴 것이다.

한편 분노를 터뜨리고 있던 아쿠아가 갑자기 주위를 둘러보며 이렇게 말했다.

"저기, 카즈마. 이건 좋은 기회 아닐까? 이 모험가 길드에 있는 사람들의 욕심에 찬 탁한 눈동자 좀 봐."

아쿠아는 주위에 있는 모험가들을 불쌍하다는 듯이 쳐다보았다.

"어이, 아쿠아 씨. 얼마 전에 아이스크림을 사려다가 전 재산인 100에리스를 도랑에 떨어뜨리고 울던 너한테 그런 소리를 듣고 싶지는 않다고."

"무례한 소리 좀 하지 말아줄래? 아무런 근거 없는 중상모략을 퍼뜨릴 생각이라면, 아침에 일어났을 때 이부자리가 축축해지는 벌을 줄 거야. ……그것보다……."

아쿠아는 입을 꾹 다문 모험가들을 향해 이렇게 말했다.

"요즘 들어 다크니스가 좀 이상하긴 해. 보호자인 내가 그 애의 고민을 해결해줘야만 할 것 같네."

아쿠아는 품에 안고 있던 젤 킹을 자랑스레 양손으로 치켜들면서 말을 이었다.

"평소에 그 애가 뭘 하는지 전부터 궁금했어. 저기, 너희도 다크니스가 평소에 뭘 하는지 궁금하지 않아?"

—액셀 마을 외곽에 있는 조그마한 고아원.

에리스 교회의 사람들이 식사를 가져다주거나, 유복한 마을 사람들이 쓸모가 없어진 물건을 기부하는 곳이다.

나와 아쿠아를 비롯한 모험가들은 현재 그 고아원 앞에 와 있었다.

"저기, 아저씨. 다크니스가 진짜로 여기 있는 거야?"

"그래. 틀림없어, 아쿠아 씨. 라라티나가 여기서 야한 복장을 하고 아이들을 쳐다보며 히죽거리는 광경을 다들 봤거든. 나는 거짓말 같은 건 안 한다고."

아이들을 쳐다보며 히죽거렸다는 건 믿기지 않지만 야한 복장을 했다는 말은 설득력이 어마어마했다.

각오를 다진 내가 고아원의 문을 두드리려고 한 바로 그때였다.

『라라티나 님, 이러면 안 돼요……. 우리한테는 아직, 이르단 말이에요…….』

문 너머에서 어린 아이의 앳된 목소리가 들려왔다.

3

목소리를 듣자하니 아직 변성기가 오지 않은 소년이 한 말 같았다.

그 소년의 목소리는 송구함으로 가득 차 있었다.

『무슨 소리를 하는 것이냐. 이런 건 빨리 하는 편이 좋다. 게다가 어차피 어른이 되면 빠르든 늦든 알게 될 일이지. 자, 사양할 필요는 없다…….』

『하, 하지만, 라라티나 님…….』

어이어이.

뭔가 잘못된 거라고 생각하고 싶었지만 방금 들린 것은 다크니스의 목소리가 틀림없었다.

내가 동요한 마음을 억누르면서 고아원의 문에 귀를 대자, 주위에 있던 남성 모험가도 문에 귀를 댔다.

아니, 정정하겠다.

일부 여성 모험가들도 흥미진진한 표정으로 문에 귀를 댔다.

『후훗, 입으로는 그렇게 말하면서도 실은 이게 신경 쓰이는 거지? 자, 사양하지 말고 만져 보거라.』

어이어이어이어이어이!

어젯밤에 나를 꼼짝 못하도록 제압한 뒤에 했던 말과 비슷한 소리를 하고 있잖아!

젠장, 왜 이 세상에는 도촬이라는 스킬이 없는 거야? 안에서 어떤 일이 벌어지고 있는 건지 엄청 알고 싶어!

……아냐. 아직 포기하기에는 일러.

천리안이라는 스킬이 있잖아. 어쩌면 세간에는 투시 스킬 같은 것이 있을지도 모른다.

다음에 다른 사람에게 물어봐야지.

마른 침을 삼키는 소리는 대체 누가 낸 것일까.

어쩌면 내가 낸 것일지도 모른다.

『자, 만져 보거라. 이건 이제 네 것이다.』

『내, 내 것…….』

다크니스가 그렇게 말하자 머뭇거림이 어린 소년의 목소리에 비도덕적인 울림이 어렸다.

야, 뭐가 네 것이라는 건데?

어제 나한테 고백했으면서!

……혹시 나한테 차이고 자포자기를 한 걸까?

이 가슴속의 욱신거림은 대체 뭐지?

혹시 어디서 굴러먹던 말 뼈다귀인지도 모르는 꼬맹이에게 다크니스를 빼앗겨서 질투하고 있는 걸까?

아니다. 친한 여자 사람 친구에게 애인이 생기면 누구나 이런 감정을 느끼지 않을까?

그렇다. 설령 자신과 사귀는 사람이 아닐지라도…….

『자, 만져보니 감촉이 어떠냐?』

『생각했던 것보다 딱딱해요. 게다가 엄청 매끄러워요…….』

나는 소년의 말을 듣고 안에서 어떤 상황이 벌어지고 있는지 눈치챘다.

매끄럽고, 생각보다 딱딱한 거라면—.

『만져보지만 말고, 냄새도 맡아보는 게 어떠냐?』

어이쿠, 나도 아직 냄새는 맡아보지 않았는데 말이야.

이 정체불명의 흥분은 대체 뭘까.

혹시, 이게 NTR?

나한테 그런 속성은 없는데…….

"저기, 문을 열지 않을 거야? 나는 이런데 서 있기 싫으니까, 안으로 들어갈래."

눈치 없는 아쿠아가 그렇게 말하면서 고아원의 문을 아무렇지 않게—.

"자, 잠깐만! 인마! 기다……!"

내가 말릴 틈도 없이, 활짝 열린 문 너머에는—.

"어떠냐? 갓 만든 책에서는 독특한 향기가 나지? 나는 이 잉크 냄새를 좋아한다."

"저도 이 향기가 싫지 않아요, 라라티나 님……."

활짝 열린 문 너머에서는 어딘가에서 본 듯한 낯익은 광경이 펼쳐지고 있었다.

그렇다. 마치 학교 교실 같은 장소에서 다크니스에게 책을 건네받은 소년이 행복한 표정으로 책의 냄새를 맡고 있었다.

—나를 비롯한 모험가들이 얼빠진 표정으로 멍하니 서있는 가운데, 소년에게 교과서로 보이는 것을 건네준 다크니스는 우리를 보더니 그대로 얼어붙었다.

"너, 너희가 왜 여기에……."

그것은 우리가 할 말이다.

아니, 그것보다 이게 대체 어떻게 된 상황인 걸까.

내 눈에는 가난한 고아원의 아이들에게 정장 차림의 여교사가 교과서를 나눠주고 있는 것처럼 보이는데…….

"저기, 다크니스? 이게 대체 어떻게 된 거야? 마치 학교 같은 곳이네."

여전히 눈치라고는 눈곱만큼도 없는 아쿠아가 그렇게 말하자—

"그, 그렇다. 저번에 카즈마도 이야기했다만, 어느 나라에는 학교나 학사라고 해서 아이들에게 공짜로 공부를 가르쳐주는 시설이 있다고 들었다. 그래서 액셀 마을에서는 예전부터 시험적으로 가정 교사를 고용할 수 없는 아이들을 대상으로 지식을 가르치고 있는데…….''

우리가 다크니스의 설명을 듣고 있는 사이, 아이들은 모험가를 쳐다보며 눈을 반짝이고 있었다.

이런 아이들에게 있어서 몬스터와 싸우는 모험가는 동경의 대상일지도 모른다.

일전에는 동경심으로 가득 찬 코멧코의 시선 때문에 맛이 가버렸던 남자들이 또 히죽거리고 있었다.

"그럼 다크니스는 옛날부터 이런 일을 해온 거야?''

그러고 보니 다크니스가 입은 타이트스커트와 와이셔츠가 여교사 같은 느낌을 자아내고 있었다. 잘 어울리는걸.

……뭐, 보기에 따라서는 교육상 좋지 않을 수도 있지만 말이다.

"그렇다. 뭐, 옛날부터 해오기는 했지. 참고로 내가 애용하는 이 옷도 어느 나라에서 전해져 내려오는 여교사의 유니폼 같은 거다. 우선 옷차림부터 신경을 써본 건데…….''

어이쿠, 나와 동향 사람이 저지른 짓이었군요.

"예전부터 아버님께서 아이들을 위한 이 교육 시스템에 관심을 가져오셨지. 그래서 이 마을에서의 시험적인 정책으로서, 더스티네스 가문이 자비로 운영해왔다.''

그러고 보니 다크니스의 아버지는 뛰어난 정치가라고 들

었다.

이 나라에는 홍마족의 마을에만 학교가 있다고 들었는데, 액셀에서는 이 세계에 온 일본인에게서 얻은 지식을 통해 이미 학교를 운영하고 있었던 것이다.

내가 그 말을 듣고 감탄하고 있을 때—.

"하지만 나는 솔직히 말해 잘 가르치는 편이 아니라서, 너희에게 이런 모습을 보여주는 게 부끄럽다만……."

다크니스는 그렇게 말하며 부끄러운 듯 주위에 있는 모험가들을 둘러보았다.

"그런데 너희는 뭘 하러 이런 곳에 온 것이냐?"

뭘 하러 왔냐고? 그야 물론—.

……말할 수 없다.

다크니스가 어린 남자애를 돈으로 사기 위해 세금을 걷은 것은 아니냐는 썩어빠진 생각이 들어서 사실 여부를 확인하러 왔다고는 죽어도 말할 수 없다.

나만 그렇게 생각한 게 아닌 것 같았다.

이 자리에 있는 모험가들이 일제히 고개를 돌리더니, 내 옆에 있던 모험가가 나보고 어떻게 해보라는 듯 내 등을 콕콕 찔러댔다.

"아, 어제 세금 소동이 벌어졌잖아? 우리 세금이 어떻게 쓰이는지 신경 쓰여서 견학하러 온 거야! 이야, 우리가 번 돈이 아이들을 위해 쓰인다는 걸 알았으니까 내일부터 힘내야겠다는 생각이 드는걸! 안 그래? 너희도 내 말에 동감하지?"

"그래! 역시 라라티나는 대단해!"

"라라티나라는 이름은 겉멋이 아니라니깐!"

"라라티나, 멋져!"

"귀여워, 라라티나!"

"시끄럽다! 라라티나라고 부르지 마라! 너희 전부 나한테 두들겨 맞고 싶은 것이냐?!"

얼굴을 붉히며 화를 내는 다크니스의 옆에는 방금 교과서 냄새를 맡던 소년이 책을 소중히 꼭 끌어안으면서 송구해하는 표정을 지은 채 서 있었다.

나와 마찬가지로 그걸 눈치챈 다크니스가 그 소년 앞에서 몸을 웅크렸다.

"왜 그러느냐? 그렇게 주눅들 필요 없다."

"하, 하지만, 이 고아원의 식사와 옷, 그리고 이 책도 모험가 분들의 돈으로 산 거라는 이야기를 들어서……".

…………

소년이 그렇게 말하자 이 자리에 있는 모험가들 사이에 정적이 흘렀다.

다크니스는 그 소년을 향해 상냥한 미소를 지으며 이렇게 말했다.

"그래. 그들은 매일같이 몬스터와 싸우며 너희를 지켜주고 있단다. 게다가 벌어들인 돈 중 일부를 부모를 잃은 너희

에게 나눠주고 있지. 그러니 매일 그들에게 감사하고, 이 책
도 소중히 쓰거라. ……알았지?"

"……응. 알았어요. 아저씨, 고마워요!"

그렇게 말하며 웃는 소년, 그리고 우리에게 고맙다고 말
하는 고아원 안의 소년소녀들을 본 나를 비롯한 모험가들
은 무심코 눈시울을 붉히며 코를 훌쩍였다.

그런 아이들에게―.

"나는 이 사람들과 할 이야기가 있으니, 너희는 교과서를
읽으면서 공부하고 있어라."

다크니스는 그렇게 말하고 우리를 향해 밖으로 나가자는
눈짓을 보냈다.

4

"―너희에게 부끄러운 모습을 보였구나."

고아원 밖으로 나간 다크니스는 멋쩍은지 배시시 웃으면
서 이렇게 말했다.

"어이, 다크니스. 이 고아원은 우리한테서 뜯어낸 돈으로
운영되고 있는 거냐?"

"뭘 뜯어냈다는 거냐. 오해사기 딱 좋은 소리 좀 하지 마
라. 모험가들에게서 징수한 돈은 모험 도중에 몸이 상한 이
들의 노후 수당과 치료 등에 쓰기로 했다. 지금까지 모험가

의 앞날은 불안 그 자체였으니까 말이다. 이걸로 나이를 먹어서 모험을 못하게 된 자도 먹고 살 수 있을 정도의 연금을 받을 수 있을 거다."

"그, 그렇구나. 하지만 아까 그 애들은……."

그렇다. 그 아이들은 모험가들이 자기들을 돕는 것으로 알고 있다.

"기본적으로는 더스티네스 가문에서 그 아이들의 양육비를 내고 있지만…… 저기, 부끄러운 일이지만 자금 마련이 어려운 상황이라서 말이다. 저번에 너희에게서 징수한 돈을 고아원 운영에 사용했다. 그리고 그걸 아까 저 아이들에게 말해줬지……. 하지만 오해하지는 마라! 그 돈은 꼭 변제할 거다! 일전의 장기 숙성 퀘스트 때 부상자가 다수 발생해서, 그들의 치료비로 생각지 못한 지출이 발생한 바람에……."

큰일 났다. 어떻게 하지?

다크니스는 부끄러운 일이라고 방금 말했지만 사실 우리야말로 이 녀석의 얼굴을 제대로 쳐다볼 수가 없었다.

문득 주위를 둘러보니 다른 녀석들도 벌게진 얼굴을 푹숙이고 있었다.

"저기……."

다크니스는 그런 모험가들을 향해 고개를 돌렸다.

"너희에게서 걷은 세금은 이렇게 쓰이고 있다만…… 저기, 납득은 됐느냐……?"

그리고 미안해하는 표정을 지으며 그렇게 말하자—.

"우리는 라라티나가 아이들에게 뭔가를 가르치고 있다는 이야기를 들었거든? 거기에 우리의 돈이 쓰이고 있다고 해서 이렇게 와본 거야. 어이, 안 그래?"

"마, 맞아! 라라티나가 또 혼자서 엄청난 일을 떠안은 게 아닌가 싶어서!"

"그, 그렇다니깐! 좀 걱정이 되어서 와봤더니, 라라티나 양이 역시 무리하고 있잖아! 아, 안 그래?"

"우리는 모험가 동료잖아. 신분 같은 건 개의치 말라고! 뭣하면 꼬맹이들의 등하교 때 순찰 같은 걸 도와줄 수도 있거든?"

다들 뻔뻔할 정도로 완벽하게 태도를 바꿨다.

내가 이런 말을 하는 것도 좀 그렇지만 진짜 보는 이들이 다 개운할 정도였다.

모험가들이 그렇게 말하자—.

"괜찮다. 아직은 곤란하지 않으니까. 그 마음만으로 충분해. 고맙다. 이 고아원 아이들만이 아니라, 평범한 가정에서 통학하는 아이들도 마도구점에서 일하고 있는 기특한 아르바이트 점원이 지켜봐주고 있지."

다크니스는 그렇게 말하면서 순진무구한 미소를 지었다.

"그건 그렇고…… 너희가 방금 해준 말 덕분에 나는 앞으로 더 힘낼 수 있을 것 같다. 진짜로 고맙다. 일전의 세금 건 때문에 나를 원망하고 있을 줄 알았다만……."

"무슨 소리를 하는 거야, 라라티나!"

"그래, 라라티나! 너무해!"

"우리가 라라티나를 의심할 리 없잖아!"

"저기, 너희가 그렇게 말해주니 정말 기쁘다. 그래도 라라티나라고 부르지는 말아줬으면 좋겠다……."

모험가들이 부끄러워하며 볼을 긁적이고 있는 라라티나를 상대로 필사적으로 얼버무리고 있는 가운데―.

"저기, 여기 오기 전과 말이 다른 거 아냐? 다크니스, 내 말 좀 들어봐! 카즈마를 비롯해서, 여기 있는 애들이 말이지? 여기에 오기 전만 해도……."

여전히 눈치 없는 아쿠아가 폭탄발언을 하려고 한 순간, 옆에 있던 모험가들이 그녀를 붙잡았다.

"앗, 뭐하는 거야?! 하지 마! 하지 말란 말이야!"

아쿠아는 자신을 붙잡은 모험가들의 손을 찰싹찰싹 때리면서 격렬하게 저항했다.

나는 그런 아쿠아한테서 다크니스의 주의를 떼어놓기 위해 입을 열었다.

"그러고 보니 너는 평범한 변태 귀족인가 했더니, 이렇게 멋진 일도 하고 있었구나. 그런데 왜 평소에는 상식적으로 행동하지 못하는 건데? 그랬다면 혼기를 놓치지도 않았을 거고, 지금쯤 좋은 엄마가 되었을 텐데."

"대체 무슨 소리를 하는 거냐?! 나는 혼기를 놓친 게 아니라 스스로 결혼을 거부하고 있을 뿐이다! 결혼 상대는 썩 어나갈 정도로 있으니, 마음만 먹으면 얼마든지 할 수 있단 말이다!"

다크니스가 격앙된 목소리로 그렇게 말한 순간, 어느 모험가가 손뼉을 쳤다.

"아, 맞다. 라라티나와 카즈마 사이에 아이가 생겼다면서?!"

다크니스는 그 말을 듣고 화들짝 놀랐고—.

"참, 그랬지! 축하해, 라라티나."

"앞으로는 혼자서 이상한 짓 하는 걸 자제하라고, 라라티나."

"그래도 라라티나 양이 잘 되어서 다행이야. 좀 어수룩한 구석이 있는 아가씨라서 이상한 남자한테 걸려드는 건 아닌가 걱정했거든~."

"나는 희희낙락하면서 몬스터 소굴에 눌러앉는 건 아닌지 걱정했어. 아무튼 이제 안심해도 되겠네."

"카즈마도 이제 장래 걱정은 안 해도 되겠군. 모아둔 돈이 다 떨어져도 먹고 사는 데는 지장이 없겠어!"

이 자리에 있는 이들 모두가 그런 소리를 하면서 우리를 축복해줬다.

하지만 입가를 히죽거리고 있는 것을 보면 다들 농담 삼아 이런 말을 하는 것 같았다.

모두 어제 일의 복수 삼아서 다크니스를 놀리고 있는 것이리라.

"어제 그렇게 설명했는데도 너희는 전혀 이해를 못한 것이냐!"

놀림을 당하고 있다는 것을 눈치채지 못한 다크니스가 얼굴을 붉히면서 변명을 했다.

"알아, 안다고. 귀족 나름의 사정이 있겠지. 인정하기 싫다는 것도 알아."

"언젠가 카즈마 씨와 당당하게 결혼을 보고할 수 있는 날이 오면 좋겠네!"

"알기는 뭘 안다는 것이냐! 아무것도 모르지 않느냐!"

다크니스가 필사적으로 반론을 하는 사이—.

"카즈마, 진짜로는 어떻게 된 거야? 너희 사이에 무슨 일이 있긴 했던 거야?"

"에이, 카즈마한테 그런 일이 생길 리가 없잖아. 안 그래?"

"맞아~. 상대는 강철의 치킨 하트로 유명한 카즈마 씨잖아."

바로 그 순간, 내가 모험가 길드에 가려고 했던 진짜 이유가 생각났다.

"모험가 같은 거친 일을 하면서도 아직 동정 및 처녀인 녀석들은 내 앞에서 무릎을 꿇어. 내가 언제까지나 너희와 같은 처지일 거라고 생각하지 마. 어젯밤에도 나는 너희가 넘지 못한 선을 넘었다고! 안 그래? 다크니스!"

"바보, 무슨 소리를 하는 것이냐?! 이런데서 그 이야기를 하다니, 제정신이냐?!"

다크니스가 얼버무릴 생각으로 자기 무덤을 파버리자—.

"이, 인정했어……. 맙소사, 라라티나가 인정했다고!"

"지, 진짜야?! 라라티나 양, 한 거야? 저기, 어디까지 한 거야? 이 언니에게 자세하게 가르쳐줘!"

"아쿠아 씨의 말이라서 아이가 생겼다 운운은 단순한 착각일 거라고 생각했는데……!"

"아냐! 아니란 말이다!!"

다크니스는 얼굴을 새빨갛게 붉히면서 허둥댔고 나는 또 폭탄을 터뜨렸다.

"뭐가 아니라는 건데? 나를 꼼짝 못하게 해놓고 이런저런 짓을 다 했으면서. 게다가 나는 첫 체험이었다고. 너, 나를 거짓말쟁이로 만들 생각인 거야?"

"아니, 그건 나도 미안하게 생각하고 있지만……!"

"첫 체험은 여자한테만 소중한 거라고 생각하지 마. 남자도 처음을 소중히 여기고 싶은 마음을 가지고 있거든? 그런데 그걸 사고처럼 여겨? 진짜 불쾌하네!"

"아, 아니, 그럴 생각은……! 미안하다! 내가 잘못했다! 나도 그때는 어떻게 됐던 것 같다. 그 일은 우리 둘 다 기억 속에서 지우기로……."

우리의 대화를 듣고 방금 내가 한 말이 진짜라고 믿은 이들이 동경과 질투로 범벅이 된 시선을 나에게 보냈다.

"나는 이제 아무 말도 하지 않겠어. 그러니, 무슨 일이 있없는지는 여러분의 상상에 맡기겠습니다."

"너라는 녀석은 정말……! 오해하지 마라! 우리는 아직……."

드디어 궁지에 몰리고 만 다크니스가 실제로 무슨 일이 있었는지 이야기하려고 한 바로 그때였다.

"그러고 보니 안에 라라티나 양을 쏙 빼닮은 금발벽안의 여자애가 있었잖아. 혹시 그 애가 너희 둘의 자식이야?"

여성 모험가 중 한 명이 흥미가 동한 표정으로 그렇게 물었다.

그 순간, 인내심이 바닥난 녀석들이 고아원의 문을 열어젖혔고……!

"이익, 적당히……!"

울상을 지은 다크니스가 주먹을 말아 쥐면서 달려들려고 한 바로 그때였다.

문을 열어보니 방금까지 그렇게 기운이 넘치던 아이들이 전부 쓰러져 있었다.

5

"—후하하하하하하하하! 꼬마 개구쟁이들아, 오늘도 즐거운 하루를 보냈느냐? 이 몸께서 마중을 왔다! 자, 이 몸의 가면을 만져보고 싶은 자는 질서정연하게 줄을……. 음? 이게 어떻게 된 거지?"

혼란에 빠진 고아원에 큰 웃음소리를 내면서 수상쩍은 녀석이 나타났다.

"잠깐만, 네가 이런 데서 뭘 하고 있는 거야? 지금은 너 같은 걸 신경 쓸 시간이 없어. 오늘은 눈감아줄 테니까 꺼져! 저쪽 뒷골목은 한산하니까, 저기서 혼자 웃고 있어. 지금은 보다시피 아이들이 위험하단 말이야!"

모험가들이 허둥지둥 모포를 가져와서 아이들을 그 위에 눕히는 가운데, 아쿠아는 고아원 안에 거대한 마법진을 그리고 있었다.

"이게 대체 어떻게 된 거지? 지금까지 평화롭던 고아원에서 왜 느닷없이 이런 일이……. 네 녀석은 가는 곳마다 트러블을 일으키지 않으면 직성이 풀리지 않는 것이냐?"

"뭐든 내 탓으로 돌리지 말아줄래? 이유는 모르겠지만, 이 아이들이 갑자기 쓰러져 버렸어. 설마 네가 이 아이들에게 무슨 짓을 한 건 아니겠지?"

아쿠아가 트집을 잡자 바닐은 입가를 일그러뜨리면서 반론했다.

"역병을 옮기고 다니는 여자가 무슨 헛소리를 하는 거냐! 아이들에게 인기 있는 이 몸이 그런 짓을 할 리가 없지 않느냐! 이 몸이 저주를 거는 건 그대 같은 지긋지긋한 숙적과 아쿠시즈 교도뿐이란 말이다."

바로 그때…….

"하지만 성가시게 됐구나. 코로린 병에 걸릴 줄이야……."

고열을 내고 있는 아이의 이마에 손을 대고 프리즈를 걸던 내 귀에, 바닐의 목소리가 흘러들어왔다.

"어이, 바닐. 너는 이 애들이 쓰러진 원인을 아는 거야? 그 코로린 병이라는 귀여운 명칭의 병은 대체 뭐야?"

내가 그렇게 묻자 이 자리에 있는 모든 이들이 바닐을 쳐다보았다.

"이 꼬마 개구쟁이들은 코로린 병에 감염됐다. ……그건 매우 특수한 병이지. 보균자가 된 자를 매개채로 삼는데, 한동안 몰래 잠복하고 있다가 일정 시기가 되면 이와 같이 주위에 즉효성 독소를 뿌린다. 이 몸이 보아하니…… 이 아이가 보균자인 것 같구나."

바닐은 그렇게 말하면서 쓰러져 있는 실피나를 손가락으로 가리켰다.

"—치료 방법은 두 가지다."

아쿠아가 만든 마법진이 옅은 빛을 뿜는 가운데, 바닥에 앉아있던 바닐이 그렇게 말했다.

이 마법진에는 치유의 힘이 있는지 아이들의 표정이 아까와 비교해서 편안해졌다.

"우선 보균자 이외의 아이들은 간단히 치료할 수 있다. 회복마법과 해독마법을 계속 걸어주면 곧 건강해지겠지. 하지만……."

그렇게 말한 바닐은 다크니스에게 안긴 채 축 늘어져 있는 실피나를 쳐다보았다.

"보균자가 된 이에게는 해독마법이 통하지 않는다. 회복마법으로 체력을 유지시키면서, 그 사이에 특효약을 만드는 수밖에 없지."

"그 특효약이라는 건 어디에 있느냐?! 어떻게 만들지?!"

다크니스는 그렇게 외쳤고 바닐은 손가락을 꼽으며 말을 이었다.

"재료는 총 다섯 가지다. 파오리의 파, 만드라고라의 뿌리, 고스트의 눈물, 또 하나는……."

바닐이 말해주는 재료를 모험가들이 메모하는 가운데—.

"그리고 마지막 하나. 입수하는 게 쉽지는 않겠지만…… 고위 악마족의 손톱이 필요하다."

"갓블로!"

바닐이 마지막 재료를 언급한 순간, 아쿠아는 바닐에게 달려들면서 그의 몸 일부를 흙으로 만들어버렸다.

"이 녀석, 이 비상시국에 뭐하는 것이냐! 바닥이 흙으로 범벅이 됐지 않느냐! 장난을 칠 때가 아니란 말이다!"

"그래! 장난을 칠 때가 아니니까 너를 공격한 거야! 고스트의 눈물은 어떻게든 돼! 집에 돌아가서 눈물 나는 모험담을 이야기하면 간단히 손에 넣을 수 있을 거야. 그것보다 네 손톱이나 빨리 내놔!"

그렇다. 바닐도 엄연한 악마다.

하지만 바닐은 아쿠아의 말을 듣더니 고개를 저었다.

"이 몸은 거짓된 육체를 이용해 이 세상에 존재하고 있는 거다. 가면 이외의 부분은 그저 흙에 지나지 않지."

아쿠아는 그 말을 듣고 손뼉을 치며 이렇게 말했다.

"그럼 저번의 그 가게 애들에게 부탁해볼래! 미안하지만 손톱 좀 뽑아갈게, 라고 말하면서 말이야."

"멍청한 녀석.『고위』악마족이라고 내가 말했지 않느냐. 그딴 갓난아기나 다름없는 녀석들의 손톱은 효과가 없단 말이다."

이 녀석들이 말하는 건 서큐버스 누님들일 것이다.

하지만 그녀들의 손톱으로 안 된다면—.

"어쩔 수 없군요. 제 사역마를 제물로 삼아서 홍마족에게 전해져 내려오는 악마 소환 의식을…….

"기다려라, 메구밍! 아무리 그래도 그건 좀 그렇지 않느냐……! 바닐, 혹시 네가 알고 지내는 악마 지인은 없느냐? 내다보는 힘으로 어떻게 안 되느냐 말이다!"

다크니스는 수상쩍은 의식을 치르려 하는 메구밍을 말리

고 바닐에게 물어보았다.

"……흐음, 이 마을 근처에 알고 지내는 고위 악마가 있긴 하지."

바닐은 고민에 잠겨서 가면을 매만지며 그렇게 대답했다.

"그, 그 악마는 대체 어디에 있지……?!"

다크니스가 재촉하는 어조로 한 말을 듣고, 바닐이 가르쳐준 곳은—.

제5장 이 악마 백작과 향연을!

1

액셀 마을의 입구에서 다크니스가 급히 수배한 마차에 탄 우리를, 아쿠아와 메구밍은 걱정스러운 표정으로 응시했다.

여행 준비를 마친 우리를 이 마을에 남기로 한 두 사람이 배웅하러 온 것이다.

"물은 크리에이트 워터로 만들면 되겠지만, 먹을 건 챙겼어? 손수건과 휴지는? 저기, 카즈마는 텐트를 조립할 줄 알아? 베 개가 바뀌면 잠을 잘 못 자니까, 일단 베개도 가지고 가."

"네가 무슨 내 엄마냐? 너무 걱정하지 마. 우리는 이래 봬도 베테랑 모험가잖아. 레벨도 꽤 올랐고, 그렇게 가혹한 여행도 아니잖아. 너무 걱정하지는 마. 그리고 베개는 필요 없어."

아쿠아는 자식을 걱정하는 엄마처럼 평소보다 더 잔소리 를 해댔다.

"그래도 이번에는 내가 같이 가지 않잖아? 다치지 않도록 조심해. 몬스터에게 당해도 부활할 수 없단 말이야. 이상한 걸 주워도 입에 넣으면 안 돼."

그런 아쿠아를 본 다크니스는 약간 멋쩍은 반응을 보이면서도 미소를 머금었다.

"아쿠아. 이래 봬도 우리는 엘로드와 아르칸레티아를 다녀오며 나름 여행에 익숙하니 안심해도 된다."

"세상물정 모르는 귀족 아가씨와 온실 속에서 자란 망할 백수니까 이렇게 걱정하는 거야."

입장이 반대였다면 가장 걱정됐을 아쿠아에게 왜 이런 말을 들어야만 하는 걸까.

"그리고 다크니스. 여행 도중에 덮쳐지지 않도록 조심하는 거 잊지 마."

아쿠아가 아직도 할 말이 남았다는 투로 그렇게 말하자―.

"그거야말로 걱정할 필요 없다. 나는 크루세이더다. 몬스터에게 덮쳐지는 게 일이나 다름없으니 안심해라. 카즈마는 내가 잘 지킬 테니까……."

"무슨 소리를 하는 거야? 단둘이서 여행을 하는 거니까, 카즈마가 너를 덮치지 못하도록 조심하라는 말이거든?"

"어이."

다크니스는 아쿠아의 말을 듣고 뭔가 할 말이 있는 표정을 짓더니 몸을 약간 배배 꼬면서 나를 힐끔힐끔 곁눈질했다.

"그래요. 덮치지 못하도록 조심하세요."

어이, 메구밍. 너까지 그런 소리를 하는 거냐.

나를 전혀 신용하지 않는 것 같았다.

"나는 여자를 덮친 적이 없다고. ……아, 홍마의 마을에서 여자애와 손을 잡거나 이런저런 일을 한 적은 있지만…… 죄송해요. 아무것도 아니에요."

메구밍의 할 말이 있는 눈길을 보고 예전에 있었던 일이 생각난 내가 가라앉은 목소리로 그렇게 말하자—.

"아니에요. 무슨 소리를 하는 거예요. 단둘이 여행을 하게 됐으니까, 다크니스가 카즈마를 덮치지 못하도록 조심하라는 뜻에서 한 말이에요."

아하. 그런 의미구나.

"메구밍, 사람을 변태 취급하지 말아다오! 나를 그렇게 못 믿는…… 아, 아무것도 아니에요."

나와 마찬가지로 예전에 있었던 일을 떠올린 다크니스는 도끼눈으로 쳐다보는 메구밍을 보자마자 고개를 푹 숙였다.

그렇다. 그리고 보니 우리는 단 둘이서 여행을 하게 됐다.

갑자기 긴장되기 시작했다.

게다가 우리는 요즘 들어 서로를 의식하게 되면서 어색한 사이가 되었던 것이다.

정말 괜찮을까.

돌이킬 수 없는 실수를 저지르지는 않을까?

솔직히 말해 여러모로 위험한 거 아냐? 여행지라는 평소와 다른 환경에서 진짜로 실수를 저지르면 어쩌지? 단둘이니까 남들도 방해를 못할 테고, 말려주는 사람도 없다고.

내가 마음속으로 갈등을 하고 있을 때 메구밍이 불쑥 뭔가를 건네줬다.

"이게 뭐야?"

이건 마도구일까?

왠지 눈에 익은데—.

"이건 위즈의 가게에서 떨이 가격에 팔던 여행용 간이 화장실이에요. 일단 가지고 가세요."

오호라, 여행 도중에는 화장실 문제가 발생할 수도 있다.

뭐, 기본적으로는 드넓은 하늘 아래에서 야생아가 될 수밖에 없다.

"그럼 고맙게 쓸게. ……잠깐만 있어봐. 어이, 메구밍. 나, 이걸 전에 봤었는데? 뭔가 결함 같은 게 있지 않았어?"

"이건 화장실 소리를 숨기기 위해, 사용하면 주위에 큰 소리로 음악이 울려 퍼져요. 그러니까 두 사람 중 누군가의 정조가 위험해지면 이걸 써서 위협하세요."

방범 호루라기 대용이냐!

"……너도 받지 마! 어린애가 위험에 처한 상황에서 이상한 생각 같은 건 안 한다고!"

나는 그렇게 말하면서도 일단 마차 뒤편에 실어 놨다.

"뭐, 아이들은 저희에게 맡겨주세요. 아쿠아와 제가 어떻게든 생명을 유지시켜볼게요."

메구밍은 그렇게 말하며 우리 두 사람을 향해 미소 지었다.

아쿠아와 메구밍은 마을에 남아서 아이들을 치료하기로 했다.

메구밍은 홍마의 마을에서 병을 치료하는 포션을 만들어 봤기 때문에, 우리가 재료를 구하러 간 동안에 특효약을 만들 준비를 하기로 했다.

마을에 있는 약국과 마도구점에서 입수할 수 있는 것은 내가 자비를 털어서 사들였고, 다른 재료는 고아원에 같이 갔던 모험가들이 자발적으로 모으고 있었다.

그리고 이제 악마의 손톱이라는 것만 손에 넣으면 되는데—.

"마음 같아서는 내가 직접 가서 손톱을 뽑아오고 싶지만, 아이들을 간병해야 하니까 참을게. 저기, 카즈마. 재료를 손에 넣은 다음에 숨통을 끊는 걸 잊지 마."

"너, 바닐의 이야기를 듣긴 한 거야? 상대는 악마라고 해도 이 나라의 귀족이라고."

그렇다. 우리가 지금부터 향하는 곳은 이 나라의 귀족이 사는 성이다.

아무래도 고위 악마가 인간인 척 귀족사회에 숨어든 것 같았다.

다크니스는 그 말을 듣고 충격을 받았지만, 일단 아이들을 치료하고 그 문제에 대처하기로 한 것 같았다.

그리고 나와 다크니스는 단둘이 악마귀족을 찾아가서 교섭을 하기로 했는데—.

"카즈마 씨, 카즈마 씨."

"왜? 할 말이 더 남은 거야?"

아쿠아는 마차에 타려고 하는 우리를 향해 뭔가를 내밀었다.

"위즈의 집에 있던 시제품이야. 옛날에 카즈마가 만들려고 했던 걸 어찌어찌 완성했나봐. 여행 도중에 무슨 일이 벌어질지 모르잖아? 혹시 모르니까 일단 가지고 가."

내가 예전에 만들려다 포기했던 피임구 비슷한 것을 아쿠아가 내밀었고, 나는 그것을 지면을 향해 던져버렸다.

2

다크니스가 모는 마차가 덜커덩거리면서 길을 따라 나아갔다.

나는 고삐를 쥔 다크니스의 옆에 앉아 아까부터 느끼고 있는 호기심과 악전고투를 벌이고 있었다.

"어이, 다크니스. 나도 고삐 좀 잡아보자."

액셀을 떠나고 한 시간이 흘렀다.

경치 감상이 질린 나는 호기심에 져서 다크니스에게 그런 부탁을 했다.

"바보 같은 소리 하지 마라. 마차를 모는 데는 나름 기술이 필요하단 말이다. 단순히 걷게 할 때도 체력 배분을 생각하면서 너무 빠르거나 너무 느리지 않게……."

"보아하니 아까부터 단순히 고삐만 쥐고 있잖아. 나도 좀 해보자. 심심하단 말이야."

내가 이 세상에 오고 대충 2년이 흘렀다.

별다른 오락이 없는 이 세계에서 말을 몰 기회를 놓칠 수는 없는 것이다.

애초에 나는 이 세계에 모험을 하러 왔다.

아니, 요즘 들어서는 거의 백수처럼 지내고 있지만 말이다.

"어쩔 수 없구나. 잠시만 해봐라. 고삐를 세게 잡아당기면 안 된다. 기본적으로는 그냥 말이 알아서 가게 두면 돼."

"알았어. 고삐를 쥐고 있다가 때때로 이랴이랴~ 하면 되는 거지?"

"이랴이랴하지 마라! 그건 긴급 상황에만 하는 거다! 잘 들어라. 절대 하지 마라. 이건 농담이 아니다. 절대로 하지 말란 말이다."

다크니스가 계속 그렇게 깐깐하게 굴어서 나는 알았다고 말하고 고개를 끄덕이려다—.

"……사이드 브레이크와 핸들이 안 달려있네. 그리고 클러치는 어디 있어?"

"무슨 소리를 하는 거냐?! 느닷없이 이상한 소리를 하지 마라!"

다크니스는 허둥지둥 고삐를 나한테서 빼앗으려 했고 나

는 기다리라는 듯 손을 펼쳐보였다.

"과민반응하지 마. 이세계 조크을 했을 뿐이라고."

단둘이 있으니까 딱딱한 분위기를 완화시키려고 그런 말을 해봤을 뿐인데…….

솔직히 말해 다크니스의 태도가 방금까지 계속 이상했다.

아니, 지금만 이상한 게 아니다.

요즘 들어……, 아니, 정확하게는 내가 다크니스에게 고백을 받았을 때부터…….

"애초에 그 이세계 조크라는 건 대체 뭐지? ……옆 마을에 도착할 때까지는 딱히 할 일도 없으니, 오늘은 네 이야기나 들어봐야겠다. 실은 전부터 신경이 쓰였거든."

이 녀석, 마을을 벗어나자마자 기운이 나는 것 같잖아.

"우선, 네 출신지는 어디지?"

내가 그런 걱정을 하고 있을 때 나와 자리를 바꾼 다크니스가 고삐를 쥔 나에게 질문을 던졌다.

"일본이라는 나라 출신이야. 세계유수의 경제대국인데, 나 같은 검은 머리 검은 눈동자인 사람이 많은 나라지."

"일본……. 일본……."

내 옆에 얌전히 앉은 다크니스가 무릎 위에 손을 올린 채 중얼거리면서 생각에 잠겼다.

"너도 들어본 적은 있을걸? 너희가 이상한 이름을 지녔다고 여기는 녀석들은 대부분 일본 출신이거든."

다크니스는 내 말을 듣더니 화들짝 놀라며 고개를 들었다.

"그, 그래! 너와 같은 머리 색깔을 지닌 녀석들은 하나같이 엄청난 힘을 지녔지. 미츠아무개라는 마검사도 그랬다. 상상을 초월할 정도로 강력한 무기……. 그런 걸 대체 어디서 손에 넣은 걸까……. 다른 녀석들도 마찬가지다. 역사에 이름을 남긴 이들은 대부분 너희와 비슷한 외모를 지녔지. 그렇다면……."

다크니스는 마른 침을 삼키더니 기대에 찬 눈길로 나를 쳐다보며 말을 이었다.

"……혹시 너도 그런 엄청난 힘이나 강력한 장비를……."

"나한테는 그런 게 하나도 없어. 굳이 따지자면 타고난 행운과 뛰어난 지력, 그리고 아주 약간의 용기와 넘쳐나는 모험심만 지녔다고 할까……."

나는 앞 머리카락을 쓸어 넘기면서 그렇게 말했고 다크니스는 존경심에 찬 눈길을—.

"즉, 너는 아무런 힘도 지니지 못한 평범한 남자라는 것이냐……."

어이쿠, 저건 불쌍한 사람을 쳐다보는 눈길인걸.

"어이, 그 평범한 남자가 지금까지 얼마나 활약했는지 알기나 해?! 실망한 것처럼 한숨을 내쉬지 마! 평범한 남자가 이만큼 했으면 충분히 대단하잖아! 나를 좀 더 칭찬하라고! 그리고 어리광도 받아달란 말이야!"

"왠지 너도 요즘 들어 좀 변한 것 같구나. 아쿠아를 닮아가는 것 같다고 할까, 아쿠아가 너를 닮은 것 같다고 할까……. 아니, 예전부터 이랬던가……."

이 녀석, 방금 해선 안 되는 말을 했어.

"나를 그 녀석과 같은 취급하지 말라고. 매일 먹고 자고 술만 퍼마시는 데다, 툭하면 바보 같은 짓만 해대는 녀석이잖아. 그런 녀석과 나를 똑같이……."

"평소의 너와 별반 다르지 않은 것 같은데 말이다."

나는 기분 좋은 듯 걷고 있는 말을 쳐다보았다.

"말은 귀엽네. 뭐랄까, 눈동자가 상냥해 보여서 정말 좋아. 고양이나 병아리도 좋지만, 나는 말이 가장 마음에 들어."

"어이, 이쪽을 쳐다봐라. 그리고 내 눈을 보란 말이다. ……하아, 그것보다 하던 이야기나 계속하자. 그러고 보니 너는 고향에서 랭커라고 불렸다고 했지?"

……뭐?

……랭커?

다크니스는 영문을 모르겠다는 눈길로 자신을 쳐다보는 나를 향해 이렇게 말했다.

"어이, 왜 그런 눈길로 나를 쳐다보는 것이냐! 일전에 네가 자기 입으로 랭커였다고 말했지 않느냐! 이런저런 별명으로 불리면서 남들이 너를 의지했다고 말했었지. 전우와 함께 요새를 공략하기도 했고, 거물 보스를 사냥하는 나날을 보냈다고…….”

말했다.

그러고 보니 나는 그런 바보 같은 소리를 했다!

뭐, 온라인 게임에 관한 이야기지만 말이다.

“뭐, 그런 일도 있기는 했지. 하지만 그건 전부 옛날 일이야. 내 흑역사 같은 거니까 언급하지 마.”

“어째서지? 그건 너의 찬란한 과거이지 않느냐. 전우들과의 추억 아니냐? 그 훌륭한 공적은 당당히 자랑해도 된다고 생각하는데 말이다.”

다크니스는 어떤 착각을 한 것인지 웃음을 흘렸다.

“아니면 뭐냐? 멋쩍어 하는 것이냐? 평소에는 툭하면 마왕군 간부를 잔뜩 쓰러뜨렸다면서 남들에게 자랑하는 주제에…….”

……온라인 게임 이야기라고 말해봤자 아마 이 녀석은 이해하지 못할 것이다.

뭐, 본인이 즐거워 보이니 괜찮지만…….

“어이, 카즈마. 너는 이제 고향에 돌아갈 수 없다고 전에 말했었지? ……가족을 만나지 못하는데도 쓸쓸하지 않은 것이냐?”

다크니스는 말아 쥔 두 손을 무릎 위에 올려놓더니 평소보다 진지한 표정으로 그렇게 물었다.

“이곳에 온 후로 쓸쓸하다고 생각한 적은 단 한 번도 없어. 너희가 하도 시끌벅적해서 그럴 겨를이 없었거든. 오히

려 지금까지 가족을 까맣게 잊고 있었어……. 어, 아아아아
아앗!"

"왜, 왜 그러는 것이냐?! 적이라도 나타났느냐?!"

내가 느닷없이 고함을 지르자 다크니스는 화들짝 놀라면
서 주위를 둘러보았다.

"아냐! 생각났어! 생각났다고! 나, 동생에게 빌려줬던 500
엔을 아직 돌려받지 못했어! 부활동에 필요한 도구를 사야
하는데 딱 500엔이 부족하다면서 빌려달라고 했거든! 그런
데 나, 아직 돌려받지 않았다고~!"

다크니스는 내 말을 듣더니 머뭇거리며 질문을 던졌다.

"오, 오백 엔? 오백 엔이면 어느 정도의 거금인 거지?"

"뭐, 이 나라의 돈으로 환산하면 한 500에리스 정도 될
거야."

"그깟 푼돈은 그냥 줘라! 너는 이제 부자이지 않느냐! 네
가 왕도에서 쫓겨나기 직전, 레인을 돈으로 매수하려 했다
는 이야기를 들었다. 너란 녀석은 그때 성에서 난리를 피웠
다면서? 네가 기억을 되찾았다고 편지로 알렸더니, 클레어
님과 레인한테서 눈물에 젖은 사죄 편지와 사죄 선물이 왔
다. 너무 비장한 느낌이어서 그 선물들은 정중히 돌려보냈
다만……."

잠깐만 있어봐.

"뭐, 나한테 온 선물을 돌려보내?! 나는 아직 그 녀석들

을 용서하지 않았다고! 다음에 만나면 여자로 태어난 것을 후회하게 만들어주겠어! 다크니스, 너조차도 트라우마가 될 만한 짓을 해줄 거라고!"

"……어, 어이, 그 트라우마가 될 만한 짓이라는 건 대체 어느 정도 수준의, 어떤 짓인지 물어봐도……."

"시끄러워! 네가 진짜로 싫어할 만한 짓이라고! 그러니까 볼 붉히지 마!"

3

나와 다크니스의 여행은 몬스터에게 습격을 당하지도 않고, 별다른 트러블에 휘말리지도 않으며 순조롭게 계속됐다.

"그건 그렇고, 아쿠아가 없다고 이렇게 여행이 순조로울 줄이야. 이러고 있으니, 여행을 하는 것도 나쁘지 않다는 생각이 드네."

"어이, 카즈마. 아쿠아도 좋아서 트러블에 휘말리는 건 아닐 거다. 뭐, 네 심정도 이해는 된다만……. 그것보다, 그 사무라이라는 종족은 어떤 일족이지? 좀 더 자세하게 이야기해봐라."

나는 일본에 관심을 가진 다크니스에게 아까부터 이런저런 이야기를 해주고 있었다.

"사무라이에 엄청 관심을 가지네. 뭐, 아까 말했다시피

KATANA라고 해서 엄청 날카로운 무기를 사용해. 그리고 툭하면 자기 배를 가르지."

"배를……?!"

다크니스가 놀라는 것을 보면 이 나라에는 할복이라는 문화가 없는 것 같았다.

"그래. 주군의 심기를 건드리면 배를 가르고, 전쟁에서 지면 배를 가르고, 항복을 해도 배를 갈라."

"너무 가혹하지 않느냐? 그리고 항복을 해도 배를 가른다면, 항복을 한 의미가 없을 텐데?"

이세계인에게 있어서 일본의 문화는 불가사의하기 그지없는 것 같았다.

"사무라이는 자존심이 세거든. 얼마나 자존심이 세냐면, 머리카락을 위편으로 틀어 올려서 상대를 위협하는 헤어스타일을 할 정도야. 그리고 전쟁이 벌어지면 적의 머리를 모아서 그 갯수로 각자의 공적을 가늠하는 습성도 지녔어."

"머리수집족 같은 것이냐?! 하지만 그렇게 배를 갈라대다간 일족이 전멸해버릴 것 같다만……."

그렇다. 그래서 이제 사무라이는 존재하지 않는 것이다.

"그 외에는 뭐가 있느냐? 아까 말했던 닌자에 대해서도 가르쳐다오!"

외국인만이 아니라 이세계인도 닌자를 좋아하는 것 같았다.

"닌자는 주로 밤에 행동해. 어둠 속에 몸을 숨긴 채 소리

를 내지 않고 적을 습격하는 거지. 그리고 독도 사용한다고
들었어."

"야행성에 기습이 특기인 거냐. 게다가 독까지 사용한다
니, 무시무시하구나……."

미묘하게 인식이 어긋나고 있는 느낌이 들지만—.

"그리고 만화 같은 걸 보면 뇌신의 술법이라면서 번개를
조종하거나, 화둔의 술법이라면서 불을 뿜기도 해."

"맙소사, 마법과 브레스까지 쓰는 건가……. 그 외에는 어
떤 습성을 지녔지?"

역시 인식이 어긋나고 있는 것 같았다.

"분신술 같은 것도 유명하긴 해. 여러 명으로 분열하는 거야."

"이야기를 들어보니 정말 무시무시한 존재구나. 그래. 닌
자라는 몬스터는 자웅동체 생물인 것이냐……."

설명하는 게 귀찮으니 그냥 넘어가야겠다.

……그래도 여행 전의 어색한 분위기는 사라졌다.

—그렇다. 이때까지는…….

"적당한 동굴을 발견해서 다행이구나. 일부러 텐트를 칠
필요는 없을 것 같다. 말은 동굴 안쪽에 집어넣고, 입구에
마차를 두면 바리케이드가 되겠지. 다소 마음 편히 잠을 잘
수 있을 거다."

"그래."

주위는 완전히 어두워졌고 계절적으로도 밤이 되면 쌀쌀해지는 시기다.

하지만 단둘밖에 없는 상황에서 모닥불을 피우는 것은 위험한 짓이었다.

몬스터 중에는 불을 두려워하지 않는 녀석도 있다.

그러니 모닥불을 피웠다간 그런 녀석들을 이곳으로 불러들이게 될지도 모른다.

"말린 고기와 빵을 가져왔으니까, 그걸로 간단히 식사를 하자."

"그래."

평소 고급 식재료만 먹던 다크니스는 말린 고기와 호밀빵을 먹게 되어서 조금 기대하고 있는 것 같았다.

뭐, 그 심정이 이해 안 되는 것도 아니다.

모험가의 여행하면 역시 말린 고기, 그리고 딱딱한 호밀빵이니까.

사실 나도 가슴이 뛰고 있었다.

하지만—.

"식사를 마치고 나면 동굴 안에서 모포라도 깔고 잠시 쉬도록 할까. 목욕을 못하는 건 아쉽지만, 적신 수건으로 몸이라도 닦도록 하자."

"그래."

내가 아까부터 앵무새처럼 똑같은 말만 반복하자 세면대

야와 수건을 든 다크니스가 입을 열었다.

"아까부터 계속 이상하구나. 내 이야기를 제대로 듣고 있기는 한 것이냐?"

그렇게 말한 다크니스는 미심쩍은 눈길로 나를 쳐다보았다.

"듣고 있어. 크리에이트 워터로 물을 만들어달라는 거지? 알았어. 지금 바로 만들어줄게."

"그런 말은 하지 않았다만……. 아, 그래도 물이 필요하긴 하구나……."

나는 물을 만들기 위해 다크니스가 들고 있는 세면대야를 향해 손을 뻗었고―.

""앗.""

서로의 손가락 끝이 닿은 순간, 우리의 입에서 동시에 목소리가 흘러나왔다.

동굴 안쪽에서 쉬고 있던 말이 작게 푸르릉거렸다.

가을 특유의 벌레 소리가 어둠 속에서 조용히 울려 퍼졌다.

주위를 비추고 있는 것은 희미한 별빛뿐이다.

그렇게 무드가 시시각각 잡혀가는 가운데…….

"무, 물은 필요 없을 것 같구나! 오늘 아침 여행을 떠나기 전에 가볍게 몸을 씻었으니까 말이다!"

"그, 그래? 나도 마차에 타고 있기만 해서 땀을 안 흘렸어!"

그렇다. 딱히 운동을 하지도 않았으니 빨리 식사를 마치고 쉬도록 할까.

어색한 분위기에 휩싸인 우리는 말린 고기와 호밀빵을 꺼내서 식기에 올려놓았다.

준비해둔 컵에 크리에이트 워터로 물을 채운 후 우리는 별빛에만 의지하며 빵을―.

"“딱딱해.”"

우리는 그 빵을 씹자마자 한 목소리로 그렇게 말했다.

"뭐야. 호밀빵이 딱딱하다는 이야기는 들었지만, 이런 걸 대체 어떻게 씹어먹냐고."

"내가 알 리가 없지 않느냐……. 나는 세간의 상식이 어두운 편이다. 나한테 세상물정을 모른다는 소리를 해댔던 너야말로 이런 지식을 알고 있어야 하는 것 아니냐?"

그래도 대체 이런 것을 어떻게 먹느냔 말이야.

어쩔 수 없이 빵은 나중에 먹기로 했다.

우선 이 말린 고기를 먹어야지.

다크니스도 나를 따라하듯 말린 고기를 쥐더니―.

"“짜.”"

우리는 또 한 목소리로 그렇게 말했다.

"어이, 이딴 음식을 먹으면 위험한 거 아냐? 혈압이 올라가서 사경을 헤맬지도 몰라. 솔직히 말해서 이건 그냥 소금 덩어리잖아."

"이건 수프 같은 것의 재료로 써야 하는 것 아니냐? 이대로 먹으면 몸에 해로울 것 같다만……."

나는 빵과 말린 고기를 접시에 내려놓은 후 활과 화살을 쥐고 몸을 일으켰다.

"어, 어이, 카즈마. 이 늦은 시간에 어디를 가려는 것이냐?"

"미식 대국 일본에서 자란 백수를 얕보지 말라고. 이만 걸 어떻게 먹는데? 안 그래도 요즘 들어 생활 수준이 향상됐단 말이야! 나는 천리안과 적 탐지, 그리고 저격 스킬을 지녔으니까 토끼 정도는 잡을 수 있을 거야. 사냥 좀 하고 올 테니까, 너는 이 근처의 나뭇가지라도 주워둬. 요리할 동안만 불을 피우면 몬스터도 몰려들지 않을 거야."

"너는 정말 이럴 때만 믿음직하구나……."

4

뿔이 달린 토끼를 잡아서 꼬치구이로 만들어 맛있게 먹어 치운 우리는 일찌감치 잠들기로 했지만—.

……잠이 안 와.

여행을 하며 신경이 곤두섰기 때문일까. 아니면 다른 이유가 있는 걸까.

드러누운 후로 꽤 시간이 흘렀지만 나는 한숨도 자지 못했다.

야외라서 주위를 경계하고 있기 때문일까.

적 탐지 스킬을 발동시켜봤지만 수상한 반응은 감지되지 않았다.

게다가 이변이 벌어진다면 동굴 안의 말이 울음소리를 낼 것이다.

잠이 오지 않는 것은 동굴 안의 바위 위에 짐과 모포를 깔아서 만든 잠자리가 익숙하지 않기 때문일지도 모르지만······.

실은 왜 잠이 오지 않는 것인지 알고 있다.

내가 또 몸을 뒤척인 바로 그 순간—.

"카즈마, 잠이 오지 않는 것이냐······?"

다크니스의 귓속말 같은 작은 목소리가 들렸다.

"······카즈마?"

그 목소리는 들릴락 말락 할 정도로 작았다.

만약 내가 잠이 들었다면 절대 듣지 못했을 만큼, 작은 목소리였다.

순순히 깨어 있다고 말하면 되는데 나는 어찌된 건지 대답을 하지 않았다.

"잠든 것이냐······."

나는 무심코 자는 척을 하고 말았다.

이윽고 스르륵 하고 옷깃 스치는 소리가 들리더니 동굴

바닥 위를 걷는 희미한 발소리가 들렸다.

모포에서 나온 다크니스는 어디론가 가기 위해서 몸을 일으킨 것 같았다.

"괜찮겠지. 카즈마는…… 잠든 것 같으니까."

다크니스가 확인하듯 그렇게 중얼거린 후 그녀가 나에게 다가오는 기척이 느껴졌다.

이 녀석은 대체 뭘 하려는 걸까.

내가 자고 있다면 대체 뭘 하려는 거냐고!

아쿠아한테서 순순히 그걸 받아둘 걸 그랬나?

내가 가장 두려워하는 사태……. 그렇다. 그것은 바로 다크니스와 함께 야영을 하는 것이다.

이래서야 그렇고 그런 짓을 안 할 확률이 더 적을 거라고!

내가 잠들었다는 사실을 확인한 다크니스가 숨을 깊이 들이마시더니……!

나에게 아무 짓도 하지 않고 동굴 밖으로 간 후 뒤적거리면서 뭔가를 꺼내들었다.

그리고 잠시 후 엄청 큰 소리가 주위에 울려 퍼졌다.

"어이, 무슨 일이야?! 너, 이 밤중에 무슨 짓을 한 거냐고!"

내가 허둥지둥 벌떡 일어나자―

"아니, 그, 그게, 간이 화장실 마도구가 갑자기 엄청난 소리를……!"

울상을 지은 다크니스가 그렇게 말하면서 손가락으로 가리킨 것은 여전히 엄청난 소리를 내고 있는 네모난 상자였다.

일본의 토목작업 현장에서 볼 수 있는 간이 화장실과 비슷하게 생긴 것이었다.

"그래. 네가 밤에 일어나서 뭘 하나 했더니, 볼일을 보고 싶은 걸 지금까지 참고 있었던 거구나."

"남이 하기 힘든 말을 태연하게 입에 담지 마라! 그것보다, 너는 일어나 있었던 거냐?!"

화장실 앞에서 허둥지둥하던 다크니스의 얼굴이 흐릿한 별빛 아래에서도 알 수 있을 만큼 새빨갛게 달아올랐다.

"그야 당연히 일어나 있었지. 나를 몇 번이나 덮쳤던 여자와 단둘이, 그것도 어둠 속에 있는 상황이잖아. 네가 나한테 야릇한 장난을 칠거라고 생각하는 게 당연하지 않아?"

"이런 상황에서 그런 짓을 할 것 같으냐?! 그, 그것보다 저걸 어떻게 하지?! 소리가 멎지 않는다!"

화장실이 계속 소리를 내는 상황도 어이가 없지만 그것보다 더 골치 아픈 사태가 벌어지고 있었다.

"이 소리 때문에 뭔가가 이쪽으로 몰려오고 있어! 적 탐지 스킬이 마구 반응하고 있단 말이야! 어이, 말을 깨워! 좀 미안하지만 이 한밤중에 이동해야겠어! 아아, 정말! 아쿠아가 없어서 여행이 순조롭다, 같은 소리는 두 번 다시 하지 말라고! 이 얼간이야!"

"정말 잘못했습니다! 저는 아무 짝에도 쓸모없는 크루세이더예요!"

5

그렇게 시끌벅적한 하룻밤을 보낸 다음 날 정오 즈음…….

액셀 마을에서 마차로 하루 넘게 이동해야 당도할 수 있는 거리에 조그마한 마을이 있었다.

황야에 있는 이 외진 마을에 우리의 목적지인 귀족의 성이 있다.

"누구 없느냐! 내 이름은 더스티네스 포드 라라티나! 그대들의 주군에게 용건이 있어서 이렇게 찾아왔다. 서둘러 너희의 주군을 만나게 해다오!"

다크니스가 성문 앞에서 그렇게 외치자 문지기들이 슬며시 고개를 끄덕였다.

"우리의 주군은 약속을 잡지 않은 분을 만나지 않습니다. 설령 더스티네스 가문의 영애일지라도 예외는……."

"그래도 이렇게 부탁하마."

다크니스는 문지기의 말을 끊으며 그렇게 말했다.

"하, 하지만, 이게 규칙……."

"부탁이다! 이제 시간이 없단 말이다!"

다크니스는 평소보다 세게 나갔고 문지기들은 완전히 압도당했다.

그 정도로 아이들을 걱정하고 있는 것이리라.

그렇다. 이 녀석은 언제나 우직할 정도로 올곧다.

고집이 세고 고지식해서 융통성이 없지만 그래도 누군가를 지키기 위해 그러는 것이다.

분명 이 녀석은 상대방이 만나줄 때까지 여기서 꼼짝도 하지 않을 것이다.

"이렇게 됐으니, 나도 어울려주겠어. 어이, 너희들? 이 녀석은 분명 여기서 꿈쩍도 하지 않을 거야. 아마 지구전을 펼쳐야 될 걸?"

문지기가 내 말을 듣더니 당혹스러운 표정을 짓고 망설였다.

이대로 밀어붙이면 주군에게 연락 정도는 해줄 것이다.

내가 그런 생각을 하고 있을 때 다크니스가 이렇게 말했다.

"진짜로 급한 상황이다! 여기서 기다리고 있을 여유도 없단 말이다!"

"……어이, 나와 말 좀 맞추라고. 강행 돌파를 할 수도 없잖아."

문지기만이 아니라 나까지 당혹스러운 반응을 보였다.

"……정 그러시다면 일단 성주님에게 여쭤보겠습니다만……."

문지기 중 한 명이 심상치 않은 상황이라는 것을 눈치챘는지 그렇게 말했다.

"해냈어, 다크니스. 우선 일보전진……."

"그래가지고는 안 된다! 이렇게 부탁하마! 나를 들여보내다오!"

……

"인마, 억지 좀 그만 부려. 조바심이 나는 건 알아. 하지만 아쿠아와 메구밍을 좀 믿어보라고. 우리가 할 일이 뭐야? 자, 말해봐!"

다크니스는 내 말을 듣고 감격한 건지, 아니면 원래 목적을 떠올린 건지, 눈가에 이슬이 맺힌 채—

"부탁이에요. 화장실 좀 쓸게요……."

기어들어가는 목소리로 그렇게 말하면서 문지기를 향해 고개를 숙였다.

"—너 때문에 체면을 다 구겼다고."

"그건 내가 할 말이다. 네가 고함을 지른 바람에 사람들이 몰려서 나도 엄청 체면을 구겼지 않느냐."

긴급사태인 점을 감안해 문지기가 통과를 시켜줘서 성안으로 들어온 우리는 이 성의 주인과 면회를 하게 됐다.

"이럴 줄 알고 내가 근처에서 대충 볼일을 보라고 했던 거야. 이래서 귀족 아가씨는 싫다니깐. 쓸데없이 자존심만 강하잖아. 너, 진짜로 모험가야?"

"아니, 모험가라면 야외에서 볼일을 볼 수밖에 없겠지만,

그것과 내가 귀족 아가씨인 게 무슨 상관인 거지……? 으으, 처음으로 모험가를 관두고 싶다는 생각을 했다……."

나는 개운한 표정을 짓고 있는 다크니스와 함께 성 안의 복도를 따라 걸었다.

"더스티네스 님, 오래 기다리셨습니다. 성주님께서 곧 오실 겁니다."

우리를 안내해준 문지기가 그렇게 말하면서 물러났다.

우리가 안내된 곳은 잘 꾸며진 응접실이었다.

지나치게 비싸지 않으면서 적당히 가치가 있는 장식품으로 센스 있게 꾸며진 이 방을 보니, 벼락출세한 귀족이 아닌 것을 알 수 있었다.

"어이, 다크니스. 너, 이곳에 오는 도중에 이 귀족에게는 어떤 문제가 있다고 했지? 그게 대체 뭔데? 이 성의 주인은 대체 어떤 사람이야? 너 같은 변태야?"

"너는 대체 귀족을 어떻게 생각하고 있는 것이냐? 지금까지 네가 만난 귀족이 좀 문제가 있었던 거지, 대부분의 귀족은 서민에게 존경받으며 모범이 되고 있는 자들이다. …… 으음, 뭐, 나는 일단 제쳐놓기로 하고……."

내 시선을 견디다 못한 다크니스가 어험 하고 가볍게 헛기침을 했다.

"이 성의 주인인 제레실트 백작은 일명 잔학공이라 불리는 남자다."

나는 그 말을 듣고 불길한 예감을 받았다.

그 이름을 듣고 일본에서 접했던 일화를 떠올린 것이다.

뱀파이어의 모델이 된 무서운 귀족의 별명이 꼬챙이공이 었을 것이다.

이 세계에서 그런 이름으로 불릴 정도로 골 때리는 귀족 과 이제부터 교섭을 해야 하는 건가?

아무래도 단 둘이서 여기에 온 것은 실수일지도 모른다.

게다가 이 세계에는 알다프처럼 말도 안 되는 짓을 벌이 는 귀족도 있다.

변경에 있는 조그마한 마을에서 귀족의 심기를 건드렸다 가 어떤 짓을 당할지 상상도 안 된다.

이 시골에서 행방불명이 되더라도 길을 가다 몬스터에게 잡아먹힌 걸로 꾸미면 얼마든지 증거인멸을 할 수 있다.

내가 고민을 하는 사이에 응접실 문 쪽에서 노크 소리가 들리더니 잔학공이라는 자가 입실할 거라는 사실을 알렸다.

큰일 났다. 돌아가고 싶어졌다.

"어이, 다크니스. 역시 사람들을 더 모아서 다음에 다시……."

내가 그렇게 말하면서 몸을 일으키려고 한 바로 그때였다.

응접실의 문이 열리더니 안으로 들어온 이는—.

"오랜만에 뵙습니다, 제레실트 님. 이렇게 갑작스럽게 찾아뵈 어서 정말 죄송합니다. 하지만 긴급을 요하는 용건인지라……."

"더스티네스 경, 잘 왔습니다. ……이야기를 이미 들었어요. 어떤 약을 만들기 위해 제 손톱이 필요하다면서요? ……그리고 그걸 원한다는 건 제 정체를 이미 알고 있는 거군요."

두 귀족은 정중하게 인사를 나눈 후 바로 교섭에 들어갔다.

하지만 나는 꼭 해야만 하는 말이 있었다.

나는 옆에 있는 다크니스에게 말했다.

"어이, 다크니스. 이 사람이 진짜로 이 나라의 귀족인 거지? 너희는 오랫동안 이 자의 정체를 눈치채지 못했다고 했지?"

다크니스는 내 말을 듣고—.

"카즈마, 지금 중요한 이야기를 나누고 있으니 방해하지 마라. 제레실트 님, 죄송합니다. 이 남자는 제 호위이자 동료인 모험가, 사토 카즈마라고 합니다."

"그에 대해서는 알고 있습니다. 마왕군 간부를 몇 명이나 해치운 모험가라면서요? 겉보기에는 평범한 남자 같은데 말이죠. 사람은 겉모습만 봐선 알 수 없다는 건 지극히 옳은 말이군요……."

나는 그런 두 사람을 향해 이렇게 말했다.

"어이, 왜 아무렇지 않게 이야기를 계속 나누는 건데? 어이, 다크니스. 이 녀석은 딱 봐도 수상하잖아. 왜 인형탈을 입고 있는 건데? 이딴 게 귀족이라니, 뭐가 어떻게 된 거야? 대체 뭐부터 태클을 걸어야할지 모르겠네."

나는 눈앞에 있는 펭귄 비스무리한 인형탈을 손가락으로 가리키며 그렇게 말했다.

6

그것은 두 귀족이 절대 거론해서는 안 되는 화제인 것인지, 이 응접실 안에 정적이 흘렀다.

하지만 내 눈앞에 있는 것은 인형탈이다.

펭귄 인형탈이 틀림없는 것이다.

"어이, 둘 다 입 다물지 말라고. 이 나라는 대체 어떻게 되어먹은 거야? 대귀족이라는 게 클레어라는 여자와 너였고, 이번에는 인형탈이 귀족이라며 내 눈앞에 나타났다고. 이 인형탈 안을 확인해봤어?"

다크니스는 내 말을 듣더니 거북하다는 듯 고개를 돌리고 이렇게 말했다.

"너는 백작께서 입은 마도구에 대해 알고 있는 것이냐? 이것은 인형탈이라는 게 아니라 다른 나라에서 넘어온, 탄력성과 보습 및 보온 능력이 우수한 방어구라고 들었다. ……사실 이 나라에서는 실력만 있으면 기행이나 괴상한 성적 취향도 허락되지. 인류의 운명을 걸고 마왕군과 싸우고 있는 우리에게는 인재가 필요하니까."

"어이, 이렇게 딱 봐도 수상한 녀석은 가리라고. 마왕군의

스파이도 얼마든지 들어갈 수 있잖아!"

인형탈은 내 말을 듣고 쓸데없이 우아한 동작으로 우리 눈앞에 있는 소파에 앉으며 이렇게 말했다.

"뭐, 진정하게. 그렇게 걱정하지 않아도 나는 마왕군에 가담하지 않네. 그 점은 믿어주게."

"네 꼬락서니를 보고도 믿는다는 녀석이 있다면, 그 녀석은 의사를 찾아가야할 걸?"

내가 태클을 날리자 인형탈은 어깨를 으쓱하고 고개를 저었다.

그런 인간미 넘치는 행동을 보니 더 짜증이 치솟았다.

"소년, 내 말을 좀 들어보게. 내 정체를 알고 있다는 건 악마에 관한 지식도 다소 지니고 있겠지? 악마족에게 있어 인간은 공존공영할 수밖에 없는 소중한 파트너라네. 그러니 부디 나를 믿어줬으면 좋겠군."

"너를 소개해준 바닐이라는 악마는 옛날에 우리를 맛있는 식사 제조기라고 말했어."

인형탈은 그 말을 듣더니 그대로 움직임을 멈췄다.

"이야, 바닐 님의 지인인 건가. 그럼 성가신 줄다리기를 할 필요는 없겠군. 그래, 너희 인간은 우리에게 있어 맛있는 식사다. 너희의 악감정은 우리의 양식이 되지. 알았으면 빨리 악감정을 내놔라. 이 예의를 모르는 망할 꼬맹이야."

이 녀석, 느닷없이 말투가 거칠어졌어!

"제레실트 백작, 저 남자의 무례한 행동을 대신 사과하겠다. 당신이 악마라는 건 액셀 마을의 사람들에게도 말하지 않았다. 그리고 앞으로도 당신의 정체를 밝히지 않겠다고 약속하지. 그러니……."

다크니스가 그렇게 말하자 입이 거친 인형탈은 재미있어하는 말투로 이렇게 말했다.

"더스티네스 경은 열렬한 에리스 교도로 알고 있는데 말이죠. 악마인 나를 눈감아줘도 되겠습니까? 게다가 당신은 이 나라에서 손꼽히는 충신이죠. 나 같은 정체모를 존재를 방치해둘 건가요?"

인형탈은 마치 시험이라도 하려는 어조로 그렇게 말했고 다크니스는 나를 힐끔 쳐다보면서 진지한 표정을 지었다.

"예전의 나였다면 절대 간과하지 않았겠지……. 하지만 지금의 나는 이 남자 덕분에 진정으로 지켜야만 하는 게 무엇인지 깨우쳤다. 내가 지켜야 할 것은 귀족의 긍지가 아니다. 힘없는 자들이야말로 내가 지켜야하는 존재이지. 이 남자를 통해 청탁병탄[#1]이라는 말을 배운 덕분에, 나는 제법 그럴듯한 위정자가 됐다고 생각한다. 그리고……. 카즈마, 고맙다. 너와 만나지 못했다면 나는 여전히 고지식한 크루세이더일 거다. 예전의 나라면 제레실트 백작의 정체를 알고 절대 그냥 넘어가지 않았겠지."

#1 청탁병탄(淸濁竝呑) 선악을 가리지 않고 있는 그대로 받아들임.

그렇게 말한 다크니스는 나를 향해 배시시 웃었다.

"제레실트 백작, 어떤가? 내 대답에 만족했나?"

다크니스는 인형탈을 향해 돌아서서 그렇게 말했다.

"······그렇게 거창한 말을 들으려던 건 아닌데······. 크루세이더는 신성마법도 다소 쓸 수 있지 않습니까? 하지만 나를 눈감아준 바람에 에리스교에 대한 신앙심에 문제가 생겨서 마법을 쓰지 못하게 되는 건 아닌지 신경이 쓰여서 말이죠."

잠시 동안 방안에 정적이 돈 후—.

"저기······. 저는 마법을 쓰지 못하니까 그런 쪽으로는 아무 문제도 없다고 할까요······. 아무튼, 걱정을 해줘서 감사합니다······."

다크니스가 부끄러워하며 몸을 웅크리자—.

"아, 그럼 됐습니다. 어이쿠, 이런 수치의 악감정은 바닐 님께서 좋아하시는 맛이죠. 제 취향은 아니니, 그런 악감정을 자아낼 필요는 없어요."

인형탈은 그런 소리를 늘어놓았고 다크니스는 얼굴을 새빨갛게 붉힌 채 테이블에 넙죽 엎드렸다.

"—그럼 본론에 들어가 볼까요. 여러분은 제 손톱을 원하는 것 같은데······. 바닐 님처럼 지옥에 본체가 있는 대악마라면 몰라도, 저처럼 실체를 동반하여 현현한 악마에게는 손톱 하나를 잃는 것도 엄청난 고통을 안겨주죠."

인형탈은 우아하게 다리를 꼬더니 위엄이 묻어나는 목소리로 그렇게 말했다.

그 목소리와 태도에서 느껴지는 거물 같은 느낌이 귀여운 외모와 상반되면서 짜증을 유발시켰다.

"저기, 실은 금전적으로는 여유가 없는데……. 지금 바로 돈을 내놓지는 못하지만, 더스티네스의 이름을 걸고 꼭 지불하겠다! 그러니, 부디……."

다크니스가 필사적으로 그렇게 말했지만 인형탈은 침묵을 지켰다.

바닐의 말에 따르면 악마는 계약이라는 것에 매우 엄격하다고 한다.

말로 하는 약속조차도 함부로 할 수 없는 건가.

나는 그런 다크니스에게 도움의 손길을 내밀기로 했다.

"돈이라면 내가 준비하겠어."

"뭐?!"

다크니스는 화들짝 놀란 뒤 나를 쳐다보았다.

대체 이 녀석은 내가 왜 따라왔다고 생각하는 걸까.

이런 교섭을 위해서 따라온 건데 말이다.

"나는 이래 봬도 상당한 자산을 지녔어. 그리고 요즘 들어 선물 거래[#2]도 하고 있지."

#2 선물 거래(先物去來) 장래의 일정한 기일에 현품을 인수, 인도할 것을 조건으로 하여 매매 약정을 맺는 거래.

"카, 카즈마, 너……. 내가 잠시 눈을 뗀 사이에 그런 것도 하고 있었던 것이냐? 그건 관둬라! 풋내기가 함부로 건드렸다간 파산할 거다!"

다크니스가 나를 걱정하자 나는 손가락을 좌우로 까딱였다.

"잘 들어, 다크니스. 내가 모은 정보에 따르면, 올해는 눈의 정령이 대량으로 발생할 걸로 예상되고 있어. 즉, 추위가 더 심할 거라는 거지. 그래서 추위에 영향을 받는 농작물을 확보해둔 거야. ……그것도 그쪽 프로를 고용해서 말이지."

"진짜 너는 어디서 뭘 하고 있는 건지 알 수 없는 남자구나……. 그쪽의 프로는 대체 어쩌다 알게 된 거냐……."

다크니스는 약간 존경어린 시선으로 나를 쳐다보았다.

하지만 그런 우리의 대화를 듣고도 인형탈은 별다른 반응을 보이지 않았다.

"돈이라면 됐습니다. 제 경영 수완은 알고 계실 텐데요? 이런 꼬락서니인데도 중요시될 만큼, 영지를 잘 운영해서 거액의 세금을 나라에 내고 있죠. ……솔직히 말해 그런 쪽으로는, 청빈한 것으로 알려진 더스티네스 가문보다 이 나라에 더욱 기여하고 있을 겁니다."

"으, 으윽……."

이 인형탈은 생긴 건 귀엽지만 꽤나 벅찬 상대였다.

"……그래? 그럼 이건 어때? 더스티네스 가문의 힘으로 네 영지를 넓히는 거야."

"어이, 카즈마! 느닷없이 무슨 소리를 하는 것이냐!"

인형탈은 나를 쳐다보면서 웃긴다는 듯 어깨를 으쓱했다.

"영지는 지금 정도면 충분해. 더 넓히고 싶은 생각은 없지."

어떻게 해야 이 녀석을 공략할 수 있을지 짐작조차 되지 않았다.

"어이, 다크니스. 귀족으로서의 격은 네가 더 높지? 권력으로 이 녀석을 좀 압박해봐."

"바보 같은 소리 하지 마라. 청탁병탄이라는 말은 했지만, 그런 짓을 할 수는 없다!"

"어이, 다 들리거든?"

인형탈이 소곤거리고 있는 우리를 향해 그렇게 말했다.

젠장, 이렇게 되면 어쩔 수 없지.

"어이, 우리도 네 재산을 내놓으라는 것 같은 그런 무리한 요구를 하려는 게 아냐. 손톱 조각만 주면 된다고. 그러면 아이들도 행복, 우리도 행복, 그리고 너도 정체가 알려지지 않아서 행복하겠지. 어때? 완벽한 win-win 관계 아냐?"

"내 귀에는 그 말이 협박처럼 들리는데?"

인형탈은 흥미로워하는 말투로 왠지 즐거운 듯이 그렇게 말했다.

그렇다. 방금 내가 한 말은 협박이다.

"헤헤헤, 제레실트 씨는 알려나 모르겠네. 액셀 마을에는 말이지. 악마를 보면 다짜고짜 곤죽으로 만들려고 드는 흉악한 아쿠시즈 교 아크 프리스트가 있어. 그 녀석이 네가 우리 제안을 거부했다는 걸 알면 과연 어떤 일이 벌어질까……?!"

"어이, 카즈마! 그만해라! 누가 악마인지 분간이 안 된단 말이다!"

인형탈은 내 말을 듣더니 몸을 들썩이며 웃음을 터뜨렸다.

"하하하하하, 역시 바닐 님의 지인이군! 꽤 재미있는걸. 설마 악마를 협박하는 자가 나타날 거라고는 생각도 못했다! 뭐, 나한테도 욕구라는 게 있기는 하지. 그게 돈이나 물건과는 연관이 없을 뿐이야."

인형탈은 그렇게 말했고 다크니스는 고개를 치켜들었다.

"설마 이 전개는……! 몸이냐! 내 몸에 눈독을 들인 거냐! 아이들의 목숨을 구하기 위해, 나에게 몸을 바치라는 거구나! 이익, 제레실트 백작! 역시 잔학공이라 불리는 자 답구나! 귀여운 인형탈로 감춘 본성이 이렇게 비열할 줄이야……!"

"그, 그런 게 아냐. 악마에게는 성별도 없고, 인간의 몸에도 흥미가 없어! 부당한 폄하는 관둬줬으면 한다!"

처음으로 동요한 인형탈은—.

"너희는 모험가지?"

즐거운 어조로 그렇게 묻더니—.

"그럼 귀족의 오락에 도전해볼 생각은 없나?"

귀여운 겉모습과 상반되는 위엄 넘치는 목소리로 그렇게 말했다.

"사실 귀족들 사이에서는 돈을 걸고 몬스터끼리 싸우게 하는 악취미한 오락이 인기를 끌고 있다."

이 성의 지하에 있는 투기장.

이 성의 고용인에게 안내를 받으며 그곳으로 향할 때 다크니스가 설명을 해줬다.

"엘로드에 갔을 때, 그 왕자가 그리폰을 준비했었지? 강력한 몬스터를 소유하면 일부 귀족에게 인정을 받을 수 있다."

인형탈 또한 몬스터를 수집하고 있는 것 같았다.

그리고 그 인형탈이 제시한 조건은—.

"그 인형탈이 기르는 몬스터와 싸워서 힘을 보여 봐⋯⋯."

내가 이 세계에 와서 경험한 이벤트 중에서 가장 모험가다운 이벤트일지도 모른다는 생각이 들었다.

아이들을 구하기 위해 약의 재료를 걸고, 귀족이 준비한 몬스터와 승부를 해서 그걸 손에 넣는다.

그렇게 보면 엄청 멋진 일 같지만—.

"문제는 다크니스가 혼자서 이길 수 있느냐는 거지."

그렇다. 상대로 지목된 건 다크니스 한 명만이었다.

"그 인형탈이 무슨 생각을 하는 건지 모르겠지만, 너만 지목한 걸 보면 절대 방심하지 마. 악마에게 성별은 없다고 말했지만, 진짜로 그런지는 알 수 없으니까 말이야. 여기사에게 음란한 짓을 당하게 해서 굴복시키는 건 악역이 가장 하고 싶어 하는 짓이잖아. 대체 어떤 몬스터가 기다리고 있을지……."

다크니스는 내 말을 듣더니 몸을 부르르 떨었다.

다른 사람이 그랬다면 겁을 먹었냐고 물어봤겠지만—.

"너, 살짝 기대하고 있지?"

"……아, 아니다."

내가 그런 걱정을 하고 있는 가운데, 평소와 다름없는 다크니스가 혼자서 투기장 안으로 들어갔다.

성 지하에 만들어진 그 장소는 지구의 로마 시대에 만들어진 콜로세움과 똑같았다.

수십 명의 인간이 한꺼번에 싸울 수 있을 정도로 넓으며 바닥에는 흙이 깔려 있었다.

성의 고용인은 나를 인형탈의 옆자리로 안내했다.

인형탈은 투기장에 들어선 다크니스를 향해 흥분한 목소리로 이렇게 말했다.

"내 콜로세움에 잘 왔다! 평소에는 다른 인간 귀족들과 함께 이곳에서 몬스터들의 다툼을 구경하지만……. 오늘 구경거리는 더스티네스 경, 바로 당신이다!"

이 인형탈도 흥분되기 시작했는지 화려한 동작을 취하며 투기장의 관객석에서 그런 선언을 했다.

우리 이외의 관객이라고는 고용인밖에 없었고, 널찍한 공간에는 마도구로 보이는 물체가 지하 투기장을 한낮처럼 찬란히 비추고 있었다.

"좋다, 제레실트 백작! 나는 신을 모시는 자이자 크루세이더. 설령 당신이 그 어떤 몬스터를 데려오든, 나는 절대 굴하지 않을 것이다!"

투기장 중앙에 선 다크니스는 인형탈 못지않게 흥분한 건지 볼을 약간 붉히면서 그렇게 대꾸했다.

……기분 탓일까.

이 둘은 상대방 때문에 엄청 흥분한 것 같았다.

"역시 유서 깊은 더스티네스 가문의 일원! 대단해! 정말 대단해! 당신 같은 고귀하고 긍지 높은 인간이 굴복했을 때 뿜는 치욕, 굴욕, 열등감! 그런 것이야말로 내가 사랑해 마지않는 악감정이다! 자, 고결한 크루세이더여! 내 눈앞에서 네 힘을 보여 봐라!"

인형탈이 흥분한 목소리로 그렇게 외치자 투기장 안쪽으로 이어지는 철 격자가 열렸다.

나와 인형탈이 투기장 중앙에 당당히 서 있는 다크니스를 내려다보는 가운데 그런 그녀의 앞에는―.

"우선 더스티네스 경의 실력을 확인해볼까. 이 고블린 무리를 상대로 당신의 실력을 보여 다오!"

인형탈이 그렇게 말한 순간, 한 다스 정도 되는 고블린 무리가 나타났다!

8

인형탈이 싸움의 시작을 알리고 10분 정도 흘렀을까.

"'말도 안 돼.'"

나와 인형탈은 한 목소리로 그렇게 외쳤다.

"큭, 고블린 따위에게 이렇게 제압당하다니……! 이 천박한 꼬마 도깨비들! 나를 움직이지 못하게 해놓고 어쩌려는 것이냐!"

투기장 한가운데에서는, 검을 쉴 새 없이 휘둘렀으면서도 고블린을 한 마리도 해치우지 못한 다크니스가 수적 열세 탓에 그대로 제압을 당한 채 바닥에 쓰러져 있었다.

"더스티네스 경, 이게 대체 어떻게 된 거지……. 이 나라의 대귀족이자, 수많은 마왕군 간부를 해치운 당신이 고블린 무리 따위에게 당할 리가 없는데……. 그, 그래!"

혼잣말을 중얼거리던 인형탈은 납득을 한 것처럼 고개를 끄덕였다.

"오호라, 이게 여흥에 불과하다는 것을 알고 있는 건가! 확실히 당신이 실력을 발휘한다면 고블린 따위는 단숨에 쓸어버릴 수 있겠지. 하지만 그래서는 나를 즐겁게 해줄 수 없을 테니, 전혀 여흥이 되지 않을 터……."

계속 무슨 말을 늘어놓던 인형탈은 이상하다는 듯 고개를 갸웃거렸다.

"게다가 굴욕이나 열등감을 전혀 느끼고 있지 않아…….
오호라……. 즉, 자신은 공격을 하지 않으면서 그 어떤 몬스터의 공격도 견뎌내겠다는 건가!"

멋대로 착각을 한 이 인형탈은 무거운 어조로 다크니스를 향해 그렇게 말했다.

그러자 고블린에게 잡힌 다크니스가 인형탈을 향해 자신만만한 미소를 지으며 이렇게 말했다.

"내 검을 이딴 고블린의 피로 더럽힐 수야 없지. 내 검은 제레실트 백작의 몬스터를 상처 입히기 위해 존재하는 것이 아니다. 이 나라를 지키기 위해 존재하는 것이란 말이다!"

뭔가 멋진 말을 늘어놓고 있지만 실은 고블린이 너무 재빨라서 공격을 명중시키지 못했을 뿐이잖아.

"아무래도 고블린으로는 더스티네스 경의 실력을 확인할 수 없을 것 같군. ……고블린들아, 물러나라!"

고블린들은 인형탈을 상위종 몬스터라고 여기는 건지, 그 말을 듣자마자 다크니스를 놔주고 순순히 철 격자 너머로 돌아갔다.

인형탈은 그런 고블린들을 만족스러운 눈길로 지켜보았다.

"더스티네스 경, 그대에게 경고를 하겠다."

그리고 인형탈은 위압감이 묻어나는 목소리로 이렇게 말

했다.

"내가 이제부터 풀어놓으려는 것은 크루세이더의 천적인 몬스터다. 멸종위기종으로 지정된 존재이자, 한 때는 여기 사 킬러, 공주기사 킬러, 그 외에도 다양한 칭호를 얻었던, 지금은 전설이 되어버린 몬스터지."

"뭐, 뭐라고?!"

다크니스는 기대에 찬 표정을 짓더니 안절부절 못하기 시작했다.

인형탈은 다크니스가 겁을 먹었다고 생각한 건지 즐거워하며 말을 이었다.

"그렇다. 그대도 이름은 들어본 적이 있겠지! 여자의 적으로 알려진 몬스터……."

"잠깐만! 방금 여자의 적이라고 말했느냐?! 설마……, 개조 슬라임? 아니면, 촉수 괴물……. 아니지. 멸종위기종이라고 방금 말한 걸 보면, 설마……?!"

다크니스가 흥분한 탓에 상기된 목소리로 그렇게 말하자, 인형탈은 더욱 기뻐하면서 손을 들어올렸다.

"아무래도 뭔지 눈치챈 것 같구나! 크루세이더의 천적이자, 과거에 고블린과 어깨를 나란히 했던 메이저 몬스터!"

인형탈이 그렇게 말한 순간 투기장에 인접해 있던 우리가 덜컹 하고 열렸다.

"나와라, 순혈 수컷 오크여! 이 세상 모든 여자들이 두려

위했던 너희의 힘을 보여줘라!"

모습을 드러낸 것은 이미 멸종된 줄 알았던 오크 선배였다.

우리에서 오크 두 마리가 튀어나왔다.

그 두 오크는 얼굴을 시뻘겋게 붉힌 채 부들부들 떨고 있는 다크니스를 보고 경계심을 드러냈다.

"맙소사! 이미 멸종된 줄 알았던 수컷 오크가 아직도 존재할 줄이야!"

인형탈은 환희로도, 비명으로도 들리는 다크니스의 그 말을 듣고 웃음을 터뜨렸다.

"하하하하하! 자, 나를 즐겁게 해봐라! 여자에 굶주린 오크들에게 제압당한 채, 고결한 혼을 지닌 에리스교 크루세이더가 굴복하는 모습을 보여다오! 치욕으로 범벅이 된 최고의 악감정을 맛보게 해달란 말이다!"

오크 대 여기사.

맙소사, 여자애를 구하기 위해 약 재료를 조달하는 퀘스트에 이어, 이세계다운 이벤트가 발생했잖아!

이제부터 다크니스가 험한 꼴을 당할지도 모르는데 나는 왜 이렇게 가슴이 뛰는 걸까.

실제로 겁탈을 당하는 건 두고 볼 수 없지만 약간 희롱당하는 정도라면 본인도 바라고 있을 테니, 그냥 지켜봐도 괜찮을 것 같았다.

"젠장! 마음 같아서는 도우러 가고 싶지만, 내가 도왔다간 네 노력이 전부 수포가 돼! 다크니스, 힘내! 오크 선배 따위에게 지지 말라고!"

"너는 왜 관객석 가장 앞줄에서 쳐다보고 있는 것이냐! 네가 돕기라도 하면 곤란하지만, 그렇게 기대에 찬 표정으로 쳐다보면 나도 마음이 복잡하다만……!"

"좋다! 시작해라, 오크들아!"

인형탈이 그렇게 말하자 오크들은 서로를 쳐다본 후—

돼지 같은 꼬리를 동그랗게 말더니 살금살금 우리 쪽으로 후퇴했다.

"어이, 다크니스! 어떻게 된 거야?! 네가 오크 선배들에게 무슨 짓을 한 거냐?! 옛날에 돈으로 오크 꼬맹이를 사와서 장난을 쳐댄 건 아니겠지?!"

"그딴 짓을 내가 왜 하냔 말이다! 나를 변태 취급 하지 말란 말이다! 그리고 저 녀석들은 왜 나를 두려워하는 거지?!"

이게 대체 어떻게 된 것일까.

"어이, 인형탈! 뭐가 어떻게 된 거야?! 좀 제대로 길들이라고!"

"왜 내가 네놈한테 그런 소리를 들어야 하는 것이냐! 이게 대체 어떻게 된 거지?! 왜 오크들이 두려움에 떠는 거냔 말이다……! ……그래! 크루세이더가 지닌 성스러운 가호 때문에 사악한 존재인 오크들이 겁을 먹은 건가!"

나는 그 말을 듣고 눈치챘다.

아, 맞아.

저 오크들은 어릴 적에 암컷 오크 때문에 트라우마가 생긴 거야……

"됐다! 너희한테는 버거운 일인가 보구나! 물러나라!"

인형탈은 그렇게 말했고 오크들은 허둥지둥 물러났다.

"뭐하는 거냐, 제레실트 백작! 나를 굴복시킨다고 하지 않았느냐?! 잔학공이라 불리는 자가 겨우 이거밖에 안 된다니, 정말 실망이구나!"

"크으윽……!"

불완전 연소 상태인 다크니스가 벌게진 얼굴로 인형탈을 도발했다.

저 녀석, 원래 목적을 잊은 건 아니겠지?

"후후후, 크하하하하하하! 기대 이상이구나, 더스티네스 경! 고블린과 오크 따위는 상대도 되지 못하는 건가. 이렇게 되면 내가 직접 상대해주도록 하지!"

어이, 진심이냐?!

"설마 인형탈을 입은 채로 싸우는 거냐? 너무 일찍 포기하는 거 아냐? 더 위험한 녀석이 있을 거 아냐! 오크 선배가 있을 정도니까 개조 슬라임이나 촉수 괴물 같은 것도 있겠지?!"

"그런 몬스터도 있기는 하지. 하지만 추악한 오크를 보고도 꿋꿋하게 버틴 더스티네스 경이라면 그런 몬스터도 효과가 없겠지. 왜냐하면…… 아까부터 더스티네스 경에게서는 공포나 초조 같은 악감정이 전혀 느껴지지 않으니까!"

아니, 통해. 통한다고.

저 녀석한테는 엄청 효과가 있을 거야.

하지만 이 인형탈은 생긴 것과 다르게 가벼운 몸놀림으로 투기장에 뛰어들었다.

"아니?!"

인형탈이 느닷없이 난입한 탓에 놀란 다크니스가 작게 비명을 지른 가운데―.

"자아! 네 힘을 보여 봐라, 더스티네스 경! 그대를 굴복시켜서, 최고의 악감정을 맛보도록 할까!"

귀엽게 생긴 인형탈이 두 손을 펼치며 다크니스에게 달려들었다!

9

"……면목이 없다."

"당연히 그렇겠지."

제레실트 백작의 성을 나선 우리는 풀이 죽은 다크니스가 모는 마차를 탄 채 이 조그마한 마을에서 여관을 찾고 있었다.

"……네가 그 정도로 그 악마와 상성이 좋을 줄은 몰랐어."

나는 마부석 옆에서 다크니스를 향해 그렇게 말했다.

"……면목이 없다."

"당연히 그렇겠지."

잔학공 제레실트.

다크니스가 직접 싸워보니 그 이름에 걸맞은 악마였다.

"…………설마 네가 정신줄을 놓으며 플레이에 열중할 줄은 몰랐어……."

"어이, 저속한 발언을 삼가라! 나도 그런 건 처음이었단 말이다! 설마 그 귀여운 인형탈 안에서 그런 존재가 튀어나올 줄이야……."

아까 다크니스에게 달려들었던 인형탈은 등 뒤에 달린 지퍼를 여는가 싶더니, 안에서—.

"뭐, 나는 득본 것 느낌이 들지만……."

"잊어라! 아아, 정말! 바닐도 그렇고, 제레실트 백작도 그렇고, 악마라는 녀석들은 하나같이 질색이다!"

다크니스의 명예를 생각해서 무슨 일이 있었는지는 떠올리지 않겠으나—.

"악마에게는 성별이 없어서 다행이야……."

"너, 나를 좋아한다고 말했으면서……."

내가 비난하는 눈초리로 쳐다보자 다크니스는 무심코 고개를 돌렸다.

하지만 이제부터 어떻게 하면 좋을까.

그 인형탈은 다크니스를 공포에 질리게 만들려고 했지만 이 여자는 아니나 다를까 기쁨에 휩싸였다.

결국 자신이 원하는 악감정을 얻지 못해서 기분이 나빠진 인형탈은 돌아가고 말았다.

이래서야 다시 교섭을 하려고 해봤자 응해주지 않을 것이다…….

내가 그런 생각을 하며 고민하고 있을 때 눈에 익은 도적이 마차 정면에 나타났다.

"어이, 다크니스. 저기 좀 봐."

"……진짜, 면목이 없다……. ……응? 쟤는 크리스 아니냐? 왜 이런 곳에 있는 거지?"

마차에 탄 우리를 향해 손을 흔들고 있는 은발 도적은 내가 두목으로 모시는 크리스다.

그녀가 왜 이 마을에 있는 건지는 모르겠지만 딱 하나 이해한 게 있었다.

크리스는 우리를 향해 뛰어오더니 아직도 가라앉아있는 다크니스를 향해—.

"안녕, 절친! 도와주러 왔어!"

—라고 말하면서 환한 미소를 지었다.

1

"조수 군, 조수 군! 저기 좀 봐! 커다란 여관이 있어! 오늘은 저기 묵자."

우리와 합류한 후로 텐션이 하늘을 찌를 것 같은 크리스가 그렇게 말했다.

"두목은 저런 곳에 묵을 돈이 있어요? 이미지만 보면 돈을 버는 족족 전부 탕진해버리는 타입 같아 보이는데요."

나와 크리스는 마부석에 앉은 다크니스의 뒤편에서 주위를 두리번거리며 오늘 묵을 여관을 찾고 있었는데—.

"돈이 있을 리가 없잖아? 가지고 있던 돈 중 태반은 에리스 교회에 기부했고, 남은 건 전부 술값으로 써버렸어."

"두목, 그딴 짓을 하면 어떻게 해요. 그럼 오늘 밤에는 어떻게 할 건데요?"

내가 그렇게 묻자 크리스는 히히히 하고 웃으면서 말했다.

"저기, 조수 군. 우리는 꽤 친하지? 함께 밤거리를 뛰어다녔던 사이잖아. 그러니까 우리는 이제 어엿한 동료 아냐?

그럼 같은 곳에 묵어야지!"

즉, 나한테서 숙박비를 뜯어낼 속셈인 건가.

그건 상관없지만 내가 무슨 말을 하기도 전에 다크니스가 우리를 돌아보며 이렇게 말했다.

"크리스 몫은 내가 내마. 일부러 우리를 도와주려고 액셀에서 여기까지 와줬으니까. ……하지만, 크리스. 에리스 님을 향한 신앙심이 두터운 건 좋지만, 조금은 장래를 생각해 저축을 해두는 편이 좋지 않겠느냐?"

"만세! 다크니스, 고마워! 그리고 장래에 대해선 차근차근 생각해볼게."

크리스는 그렇게 말하고 마부석 뒤편에서 다크니스의 목을 끌어안았다.

"딱히 고마워할 일은 아니다. 그리고 사실 나는 네가 가장 걱정된다. 나는 본가가 있고, 카즈마는 저택을 가지고 있는 데다 자산도 상당하지. 아쿠아와 메구밍도 이 남자가 먹여살려줄 거다. 하지만 크리스, 너는 평소에 어디서 지내는 것이냐? 집도 없고, 저금해둔 돈도 없지. 모험가답다고도 할 수 있지만, 이제 그만 우리 저택에서 사는 게……."

"다, 다크니스, 나는 진짜로 괜찮아! 이래 봬도 지낼 곳이라면 있으니까 어떻게든 될 거야."

다크니스가 설교를 하자 크리스는 슬며시 고개를 돌렸다.

"그러니까 대체 뭐가 어떻게 된다는 건지 알려달라는 거다! 설마 또 범죄나 다름없는 짓을 저지르고 다니는 건 아니겠지? 네가 잡히기라도 한다면 나는 그냥 두고 보지 않을 거다. 예전의 나라면 몰라도, 지금은 권력을 이용해 너를 구하려 하겠지. 내가 그런 짓을 하게 되는 상황만은 벌이지 말아다오."

"다크니스, 대체 뭐가 어떻게 된 거야?! 그 고지식하던 다크니스가, 왜……. 순진무구하고 좀 얼빠진 구석이 있어서 속여먹기 쉬웠던 내 다크니스를 돌려줘!"

"두목, 나한테 책임을 전가하지 말아줄래요? 이 녀석은 옛날부터 이상했어요."

―우리가 마을 입구에서 떠들고 있을 때, 저녁때가 되었다는 것을 알리는 종소리가 들렸다.

"두목, 슬슬 사전 답사를 하러 가죠. 그리고 잘 생각해보니 숙소는 안 잡아도 될 것 같아요. 약이 필요한 아이가 있거든요. 일을 마치면 서둘러 이 마을을 빠져나가죠."

크리스가 이렇게 와줬으니 우리가 할 일이라면 정해져 있다.

그건 물론―.

"으으, 나는 범죄에 가담하게 되는 건가……. 드디어 내 손으로……."

아까부터 쭉 갈등을 하고 있던 다크니스가 머리를 감싸쥐며 그렇게 중얼거렸다.

"에이, 다크니스. 이것도 여자애를 구하기 위해 필요한 일이잖아? 그럼 어쩔 수 없는 거네. 제레실트라는 사람한테는 미안하지만, 약 재료를 슬쩍하는 거야!"

크리스는 그렇게 말하면서 다크니스의 어깨를 두드렸다.

우리는 크리스에게 이곳에 온 이유를 물었다.

그러자 본인은 「별 생각 없이 왔다」고 말했다.

하지만 나는 알고 있다.

다크니스가 여행을 떠나기 전에 에리스 교회에 가서 기도를 드렸다는 사실을 말이다.

즉―.

"두목은 남들을 잘 챙겨주네요."

"……응? 그게 무슨 소리인지는 모르겠지만, 아무튼 고마워."

참고로 이제부터 악마의 성에 쳐들어갈 것인데 크리스가 이렇게 평온한 이유는 뭘까.

그야 물론 아직 크리스에게 그 인형탈의 정체를 알려주지 않았기 때문이다.

다크니스의 말에 따르면 크리스는 악마나 언데드를 보면 정신이 나간 것처럼 달려드는 습성을 지녔다고 한다. 그러니 가능한 한 숨겨달라고 다크니스가 나에게 말했다.

뭐, 나는 크리스의 정체를 알고 있는 데다, 그녀가 도둑질뿐만 아니라 그 인형탈도 처리하자는 말을 꺼내면 곤란하기에 순순히 동의했다.

"두목, 너무 두리번거리지 좀 마세요. 마치 시골 사람 같다고요. 그리고 은색 머리카락 때문에 엄청 눈에 띈단 말이에요."

평소 솔로 활동을 주로 해온 크리스는 오랜만에 파티를 맺어서 흥분했는지, 시골 사람처럼 온갖 것들에 흥미를 보이며 계속 두리번거리고 있었다.

다크니스가 그런 크리스를 향해 이렇게 말했다.

"전부터 신경이 쓰였다만, 너희 둘은 어느새 이렇게 친해진 거지? 나도 모르는 사이에 도적단 같은 걸 만들었지 않느냐. 내 기억으로는 너희 사이에 접점이 없었던 같은데……."

다크니스가 미심쩍어 하면서 그렇게 말하자 크리스는 히죽거리며 그녀의 옆구리를 손가락으로 콕콕 찔렀다.

"다크니스, 왜 그래? 혹시 나와 조수 군의 관계가 신경 쓰이는 거야? 그러고 보니 다크니스와 조수 군이 진도를 얼마나 나갔는지 아직 못 들었네. 그걸 이야기해준다면, 나도 다크니스의 질문에 대답할게."

크리스는 괜한 소리를 입에 담았고 다크니스는 나를 힐끔 쳐다보더니 그대로 고개를 돌렸다.

그런 다크니스를 본 크리스가 나에게 귓속말을 했다.

"저기, 조수 군, 조수 군. 다크니스가 평소와 좀 다른 것 같거든? 조수 군이 무슨 짓을 한 거야?"

역시 다크니스의 절친답게 우리 사이에 흐르는 서먹서먹

한 분위기를 눈치챈 것 같았다.

"나는 아무 짓도 안 했어요. 오히려 아무것도 안했기 때문에 이렇게 서먹서먹한 사이가 되어버린 거죠. 뭐, 간단하게 설명할게요. 다크니스에게 고백을 받았지만, 나는 메구밍과 좋은 사이가 되었기 때문에 차버렸다고 할까……."

"뭐어?! 조수 군이 다크니스를 찬 거야?!"

크리스가 그렇게 말하자 고삐를 쥐고 있던 다크니스의 등이 부르르 떨렸다.

"두목, 목소리가 너무 커요! 안 그래도 서먹서먹한 상황인데, 큰 목소리로 그런 소리를 하면 어떻게 하냐고요!"

"그, 그렇지만……!"

마부석 뒤편에서는 다크니스의 표정을 살필 수 없었으나 그녀의 귀 언저리가 약간 빨개진 것 같았다.

거봐. 다크니스도 신경을 쓰고 있잖아!

"조수 군, 그럼 너는 메구밍과 사귀고 있는 거야?"

크리스는 가슴이 두근거리는 표정을 지으면서 나에게 귓속말로 물어보았다.

"아, 현재는 동료 이상 연인 미만인 사이예요."

"어정쩡한 사이네. 저기, 메구밍과 어디까지 갔어? 뽀뽀는 한 거야?"

이 여신은 대체 어떻게 되어먹은 걸까.

왜 이렇게 남의 연애에 호기심이 왕성한 걸까.

다크니스도 우리가 소곤소곤 나누는 대화가 신경 쓰이는 건지, 고삐를 쥔 채 앞을 계속 바라보면서 귀만 쫑긋 세우고 있었다.

"메구밍과는 아직 아무것도 안 했어요······."

함께 목욕을 하거나, 손을 잡거나, 한 이부자리에서 포옹을 한 적은 있지만 말이다.

"의외네. 조수 군이라면 한창 때 남자애처럼 쑥쑥 진도를 뺄 줄 알았어."

죄송하지만 쭉쭉 진도를 빼기도 했어요.

아직 책임을 지기 싫고 갈 데까지 갈 근성이 없는 것뿐이에요.

"그래. 그럼 다크니스한테도 아직 기회가 있겠네."

"아, 나는 꽤 성실한 남자거든요? 그런 식으로 부추기지는 말아줬으면 좋겠는데······."

그렇다. 다크니스의 호의를 거절했을 때는 정말 괴로웠다.

솔직히 말해 울음을 터뜨릴 뻔 했다.

······아니, 그 후에 여러모로 폭주했던 내가 할 소리는 아닌 것 같지만 말이다.

크리스는 입가에 미소를 머금더니ㅡ.

"하지만 너는 의외로 책임감이 강하니까, 마지막에는 그냥 내버려두지 못하는 타입 아냐? 선을 넘어버린다면 책임은 질 것 같은데? 그러니까, 만약 다크니스와 볼 키스가 아니라 제대로 된 키스라도 한다면⋯⋯!"

그런 소리를 하면서 팔꿈치로 내 옆구리를—.

"다크니스와는 이미 제대로 된 키스를 했는데요."

"저기, 잠깐만 있어봐. 그게 무슨 소리야?! 메구밍과 그렇고 그런 사이가 됐다며?! 그런 메구밍과는 아무것도 안 했는데, 왜 다크니스와는 그런 걸 한 건데?! 나는 아직 애라서, 네 말을 이해하지 못하겠거든?!"

나는 깜짝 놀란 크리스를 방치해두고 다크니스에게 말을 걸었다.

"어이, 다크니스. 저쪽에 있는 공터에 마차를 세우는 게 좋지 않을까? 인적도 드문 것 같네."

"그래. 저기가 좋겠구나."

"저기, 둘러대지 말아줄래?! 가르쳐줘! 저기, 다크니스! 우리는 절친이지?! 대체 어쩌다 키스를 하게 된 건지 가르쳐줘!"

"어이, 카즈마! 너 대체 무슨 소리를 한 것이냐?! 크리스도 그런 질문을 하지 마라!"

얼굴이 새빨개진 다크니스가 뒤편을 돌아보며 허둥지둥 그렇게 말했다.

2

마차를 공터에 댄 후 크리스가 다크니스에게 질문공세를 펼쳤다.

그 후 거꾸로 크리스가 다크니스한테서 평소에 뭘 하고 있느냐 같은 질문공세를 받는 광경을 보며 시간을 죽였다.

그리고 지금······.

밤이 어둠이 드리워졌을 즈음, 우리는 제레실트 백작의 성을 다시 찾았다.

크리스와 함께 이런 짓을 몇 번이나 해서 그런지 슬슬 건조물에 숨어드는 것에도 익숙해졌다.

이 성은 어떻게 공략할까······.

내가 고민하고 있을 때 크리스와 마찬가지로 입가를 마스크로 가린 다크니스가 내 옷을 잡아당겼다.

"어이, 카즈마. 대체 무슨 고민을 그렇게 하는 것이냐? 여기까지 왔으니 이제 숨어들 수밖에 없지 않느냐. 우리가 이러는 사이에도 아이들은 괴로워하고 있을 거다. ······이미 각오는 했다. 갈 거면 빨리 가자."

다크니스는 약간 초조해 하면서 낮은 목소리로 그렇게 말했다.

현재 다크니스는 무거운 갑옷을 벗었다.

갑옷 안에 입고 있던 검은색 전신 타이츠는 묘하게 에로했고 솔직하게 말해 나나 크리스보다 훨씬 도적 같아 보였다.

"잘 들어, 다크니스. 우리는 프로야. 그리고 너는 이런 일에 익숙하지 않지. 그럼 이제부터는 프로인 우리의 말에 따라야 해."

"맞아, 다크니스. 너는 귀족 아가씨라서 이런 일은 젬병이지? 걱정하지 마. 이 크리스 님만 믿어. 나와 조수 군은 왕도의 성에도 침입한 적이 있거든."

우리가 자신만만한 목소리로 그렇게 말하자 다크니스는 미심쩍은 눈길로 우리를 쳐다보았다.

"그때는 성에 침입하기는 했지만 금세 발각되어서 쫓겨 다니지 않았느냐?"

다크니스가 날카로운 태클을 날리자 크리스는 허둥지둥 나를 손가락으로 가리켰다.

"그건 조수 군이……!"

"두목, 지금은 그런 옛날 일을 이야기할 때가 아니에요. 이러는 사이에도 아이들이……."

"맞는 말이지만, 네가 할 말은 아니거든?!"

크리스가 떠들어대는 사이, 나는 천리안을 써서 침입경로를 살폈다.

높은 벽에 둘러싸인 이 성은 정면에 있는 성문을 완전히 닫았고 뒷문 같은 것도 없다.

외벽 안으로 침입하기 위해 땅을 팔 수도 없으니, 남은 방법은—.

"두목, 밧줄 있나요?"

"물론 있어. 밧줄은 도적의 필수품이거든."

나와 크리스는 고개를 끄덕이면서 밧줄을 꺼냈다.

"너희 둘은 평소에도 그런 걸 가지고 다니는 것이냐? 아, 이 성에 침입하기 위해 준비한 것이냐……."

"아냐, 다크니스. 도적이라면 기본적으로 이런 걸 가지고 다니는 법이야."

다크니스는 크리스의 그 말을 듣고 한순간 얼어붙었다.

"두목, 이 녀석은 온실 속의 화초처럼 자라서 상식이 없어요."

"아, 그렇구나. 미안해, 다크니스."

다크니스는 나와 크리스의 말에 납득하지 못한 것 같지만 그래도 순순히 따라왔다.

성 앞에는 문지기가 있었으나 외벽 쪽까지 감시의 눈이 닿아 있지는 않은 것 같았다.

성의 측면으로 이동한 우리는 갈고리가 달린 밧줄을 던진 후 제대로 걸렸는지 확인해봤다.

다크니스는 그런 나와 크리스를 감탄한 눈길로 쳐다보고 있었다.

"꽤 솜씨가 좋구나."

나와 크리스는 다크니스가 하는 말을 들으면서 밧줄을 잡고 바람처럼—.

"젠장, 밧줄이 미끄러워서 꽤 힘들어!"

"조수 군, 내 완력으로는 이 밧줄로 외벽 위까지 올라갈 수 없어!"

"두목, 밧줄에 매듭을 몇 개 만들죠. 그러면 꽤 올라가기 편할 거예요."

다크니스는 그런 소리를 하며 허둥대는 우리를 보더니—.

"저기, 내 힘이라면 이 밧줄로도 올라갈 수 있을 거다. 내가 먼저 올라가서 잡아당겨줄까?"

약간 머뭇거리면서 그런 제안을 했다.

"어이, 다크니스. 아무것도 모르는 풋내기가 함부로 의견을 내놓지 마."

"그래, 다크니스. 한순간의 방심 때문에 목숨을 잃을 수도 있단 말이야. 초보자는 경험이 없으니까 간단해 보이는 거야. 그러니까 그냥 우리한테 맡겨둬. 알았지?"

"그, 그런 것이냐. 괜한 소리를 해서 미안하다."

하지만 다크니스에게도 의욕은 있는 것 같았다.

그녀의 마음을 헤아려주기로 한 우리는 다크니스를 먼저 올라가게 했다.

완력만으로 밧줄을 기어 올라간 다크니스가 끌어올려준 덕분에 외벽 위로 올라간 우리는 신중하게 성 안으로 침입했다.

"자, 그럼 다크니스는 우리 뒤를 따라와."

"나와 두목은 잠복 스킬을 쓸 수 있지만, 너는 못 쓰잖아? 그러니까 내 손을 절대 놓지 마."

"아, 알았다!"

다크니스가 내 손을 순순히 잡자—.

"좋아. 오늘 너는 내 후배니까, 지금부터 나를 카즈마 선배라고 불러."

"카즈마 선배."

"그래. 그렇게 부르라고."

어. 이 호칭은 좀 괜찮은걸.

"어이, 다크니스. 한 번만 더 말해봐."

"카, 카즈마 선배."

"저기, 조수 군? 바보 같은 짓 하면서 놀지 말고 빨리 가자."

내가 다크니스에게 그 호칭으로 나를 부르라고 몇 번이나 시켰을 즈음, 크리스가 우리를 말렸다.

"두목도 나 같은 우수한 부하를 얻었을 때, 몇 번이나 두목이라고 부르라고 시켰잖아요."

"그때는 그때, 지금은 지금이야. 그것보다 조수 군, 빨리 가자."

나는 마음을 다잡은 후 신입인 다크니스에게 설명을 해줬다.

"잘 들어, 신입. 이럴 때 성주가 있을 가능성이 가장 높은 곳은 바로 최상층이야. 지위가 높은 사람이나 보스는 높은 곳에서 살고 싶어 하는 습성이 있거든."

크리스는 나의 완벽한 추측을 듣더니 고개를 끄덕였다.

"아, 나는 이곳에 전에도 몇 번 와본 적이 있다. 그래서 알고 있는 건데, 제레실트 백작은 몬스터가 있는 투기장에서 살고 있는 것 같더구나. 우선 그곳으로 가는 게 어떻겠느냐?"

신입인 다크니스가 그런 소리를 했다.

"잘 들어, 다크니스. 우리는 어디까지나 일반적인 경우를 이야기했을 뿐이야. 이 성의 성주가 어디에서 지내는지는 이미 파악하고 있다고. 우리에게는 적 탐지 스킬이 있거든."

나는 그렇게 말했고 크리스는 또 고개를 끄덕였다.

"그, 그렇구나. 미안하다. 또 괜한 소리를 한 것 같구나."

다크니스가 순순히 사과하자 나는 이렇게 말했다.

"아니, 괜찮아. 너는 풋내기니까. 그리고 풋내기이기 때문에 참신한 의견을 내놓을 수도 있거든. 혹시 신경 쓰이는 점이 있으면 얼마든지 말해도 돼. 그럼 우선 지하로 향하도록 할까. 하지만 그 전에……."

우리의 시선은 성안으로 이어지는 문을 향했다.

변경의 마을이라 그런지 외벽 정문 쪽에는 문지기가 있지만 이 문 앞이나 그 너머에서는 인기척이 느껴지지 않았다.

변경이라 보초를 세울 필요가 없기 때문일까. 아니면 성주가 악마라서 딱히 경계를 할 필요가 없는 걸까…….

"내가 나설 차례 같네. 문 따기 스킬로 열어주겠어."

크리스는 그렇게 말하면서 자신만만하게 앞으로 나섰지

만—.

"조수 군, 큰일 났어! 이 문에는 열쇠구멍이 없네!"

"두목, 그게 사실이에요? 어떻게 하죠? 혹시 암호 같은 걸로 열리는 마법의 문 같은 걸까요?"

느닷없이 난관에 부딪친 우리는 낮은 목소리로 그런 대화를 나눴다.

바로 그때였다.

"저기, 이런 문은 이렇게 하면⋯⋯."

그런 우리의 옆을 지나치며 앞으로 나선 다크니스가 문을 들어 올렸다.

"오래된 성에서 흔히 쓰이는, 들어 올리는 방식의 문이다. 꽤 무게가 나가서 누군가가 들고 있지 않으면 드나들 수가 없기 때문에 침입자 무리를 간단히 저지할 수 있⋯⋯. 두, 둘 다 왜 그러는 것이냐⋯⋯?"

우리가 아무 말도 하지 않자 다크니스는 당황한 표정을 지었다.

"어이, 다크니스. 만약 함정이 있으면 어쩔 작정이었어? 이번에는 내 행운이 작용해서 함정이 없었기에 망정이지⋯⋯."

"맞아, 다크니스. 그렇게 함부로 문을 열면 어떻게 하냔 말이야. 내 행운이 액셀에서 손꼽힐 정도라서 함정이 없기는 했지만 말이야."

"미, 미안하다. 내가 생각 없이 행동했구나."

다크니스는 순순히 사과를 했고 나와 크리스는 이렇게 말했다.

"괜찮아. 너는 풋내기잖아. 이해해. 그래도 이제부터는 앞장서줬으면 해."

"응. 이번만큼은 풋내기인 다크니스에게 앞장을 서게 해줄게. 프로인 우리가 서포트를 해줄 테니까 걱정하지는 마."

"그, 그래? 그럼 그렇게 하겠다만……."

다크니스는 고개를 갸웃거리면서도 앞장을 섰다.

그 후 다크니스는 이 성에 몇 번 와본 적이 있는 만큼 희미한 불빛에만 의지하여 성큼성큼 나아갔다.

"조수 군, 조수 군. 왠지 우리가 방해되고 있는 것 같지 않아?"

"두목, 이제부터 활약하면 돼요. 다크니스는 좀 얼빠진 구석이 있잖아요. 그러니까 프로인 우리가 옆에서 챙겨줘야만 한다고요."

뭐, 아까부터 다크니스가 우리를 계속 챙겨주고 있는 것 같지만…….

바로 그때였다.

나와 크리스는 동시에 걸음을 멈췄다.

몬스터의 기척이 앞쪽에서 느껴진 것이다.

그러고 보니 그 인형탈은 몬스터에게 지시를 내릴 수 있었다.

성 밖의 경비는 인간 병사에게 맡기지만 성 안은 자신이 기르는 몬스터에게 경비를 맡긴 것 같았다.

"어이, 다크니스. 이 앞에 있는 지하로 이어진 계단에서 몬스터가 보초를 서고 있어. 너는 공격을 명중시킬 수 없지? 그러니까 나나 두목이 나설게. 너는 누가 안 오는지 살피고 있어."

"알았다! 이번에야말로 너희를 실력을 보여 다오!"

다크니스는 기대에 찬 표정을 지으며 그렇게 말했고 나와 크리스는 엄지를 치켜들었다. 그리고 잠복 스킬을 펼친 후 기척이 느껴지는 곳으로 서서히 다가갔다.

그곳에 있는 몬스터는—.

"조수 군, 조수 군, 오크야! 옛날에 멸종위기종으로 지정된 몬스터, 수컷 오크란 말이야. 저걸 해치워도 괜찮은 거야?"

아마 옛날에 암컷 오크에게 엄청 심한 짓을 당한 건지, 인간형 암컷을 꺼리는 두 오크 선배가 그곳에 있었다.

"오크 선배는 가능하면 해치고 싶지 않네요."

"저기, 오크 선배가 뭐야? ……뭐, 알았어. 그럼 내가 나서도록 할까. 저 오크들은 암컷을 꺼리지? 내가 바인드를 걸어서 제압할 테니까, 조수 군은 다크니스와 함께 주위를 경계해줘."

크리스는 그렇게 말하고 바인드에 쓸 밧줄을 허리춤에서 꺼내며—.

오크 앞에 나선 순간, 순식간에 제압당하고 말았다.

"조수 군! 도와줘, 조수 군!"

오크들에게 제압당한 크리스는 장비가 하나하나 벗겨지기 시작했다.

"이야기가 다르잖아, 조수 군! 이 오크들은 여자를 꺼린다 며?! 자, 잠깐만! 안 돼! 조수 군~! 다크니스~! 이대로 있다 간, 홀랑 전부 벗겨지게 생겼어!"

순식간에 장비를 빼앗긴 탓에 핫팬츠와 셔츠 한 장 차림 이 된 크리스를 구하기 위해 나와 다크니스가 몸을 날렸다!

"흑, 흐흑……. 고마워. 하마터면 큰일 날 뻔 했어……."

속옷 차림으로 주저앉아서 엉엉 울고 있는 크리스의 옆에 는 내 바인드에 의해 꽁꽁 묶인 오크들이 굴러다니고 있었다.

"도와주러온 다크니스를 보자마자 움츠러든 걸 보면 여자 를 거북해하는 건 맞는 것 같은데 말이야. 역시 남자 같은 복장을 한 크리스를……."

"쉿~! 어이, 카즈마! 더는 아무 말도 하지 마라! 자, 크리 스. 이제 괜찮으니까 옷을 입어라."

다크니스는 그렇게 말하며 바닥에 떨어져 있는 크리스의 장비를 주워 모아서 건네줬다.

"으으……. 저기, 다크니스. 나, 이제 시집 못 갈 것 같아……."

"괜찮다, 크리스. 상대는 몬스터였으니까 노 카운트다."

그렇게 말한 다크니스가 욕심이 난 듯한 눈길로 오크 쪽을 힐끔힐끔 쳐다보는 게 조금 신경 쓰였다.

"아무튼 두목이 희생정신을 발휘해준 덕분에 지하에 침입할 수 있게 됐네요. 그럼, 가볼까!"

3

성의 지하는 우리가 낮에 왔을 때보다 밝았으며 곳곳에서 몬스터의 기척이 느껴졌다.

"저기, 조수 군. 이 성은 좀 이상하지 않아? 두 사람 말로는 귀족이 몬스터를 키우고 있을 뿐이라며? 그런데 오크를 풀어서 기를 뿐만 아니라 문지기 같은 일도 시키고 있잖아. 곳곳에서 느껴지는 몬스터의 기척도 계속 움직이는 걸 보면, 우리에 갇혀 있는 건 아닌 것 같은데……."

뭐, 여기는 악마가 지배하는 성이니까요.

"그럴 만한 이유가 있긴 한데, 그건 나중에 이야기해요. 최대한 전투를 피하는 방침으로 가죠."

아마 그 인형탈은 보스의 습성에 따라 가장 안쪽에 있을 것이다.

다크니스가 내 말을 듣고 고개를 끄덕이는 것을 확인한 후 우리는 살금살금 나아갔다.

"적 탐지 스킬로 몬스터를 포착하고 잠복 스킬로 숨어 있다고는 해도, 한 번 정도는 전투를 치를 거라고 생각했다만……"

다크니스가 의아하다는 말투로 그렇게 말하자 내가 이어서 입을 열었다.

"지금까지는 순조롭네. 다크니스, 어때? 나와 두목한테 이 정도는 식은 죽 먹기라고."

"맞아, 조수 군. 우리 두 사람의 운이면 이 정도는 아무것도 아냐."

"……"

"……그런 것치고는 외벽에서 고전을 하고, 문을 열면서도 고전을 한 데다, 오크 상대로도 고전을 한 것 같다만……"

"어이, 다크니스. 너는 아무 말도 하지 마. 실패는 누구나 하는 법이야. 너도 이 마을에 오는 도중에, 자기가 실피나를 액셀로 부른 바람에 도중에 그런 병에 감염된 건 아닌가 하고 밤마다 고민했지? 다 알고 있어. 게다가 그 병이 다른 아이들에게도 전염되어서 분하잖아? 그래. 누구라도 실수를 해. 내 말은 그 실수를 후회하며 끙끙 앓지 말라는 거야. 우리처럼 만회하면 된다고."

"조수 군이 괜찮은 소리를 하네! 맞아. 다소 실수를 하더라도 마지막에 타깃을 손에 넣기만 하면 그걸로 전부 무마되거든. 그러니까 다크니스도 이제 자책하지 마."

우리가 격려를 해주자 다크니스는 눈시울을 붉혔다.

"너희들……. 그래. 나도 이제 고민은 관두겠다. 우선 약의 재료를 손에 넣기 위해……."

………….

"……저기, 말이다. 확실히 나도 실수를 저질렀고 고민도 하고 있지만, 그것과 이 일은 딱히 상관이 없는 것 같은데……."

"다크니스, 조용히 해. 아무래도 여기서부터는 외길인 것 같아. 이 길 끝에 그 인형탈 백작의 방이 있는 거 아냐?"

"맞아. 이 길 끝에서 보스 방 같은 느낌이 풀풀 풍기고 있어. 베테랑 도적의 감이 그렇게 말하고 있네……."

"맞다. 이 길 끝에 제레실트 백작의 침실이 있다만……. 저기, 너희가 내 말을 계속 끊고 있는 것 같은데……."

나와 크리스는 영문 모를 소리를 늘어놓고 있는 다크니스를 힐끔 쳐다본 후 기척을 숨긴 채 나아갔다.

이윽고―

흉흉한 형태를 지닌 통로 끝에는 중후한 분위기가 감도는 검은 문이 존재했다.

나는 다크니스와 시선을 마주하며 고개를 끄덕이고 그 문에 귀를 댔다.

그러자 크리스가 내 옷을 잡아당기면서 작은 목소리로 말했다.

"저기, 조수 군. 여기는 진짜로 악덕 귀족의 성이 맞는 거야? 왠지 문의 장식도 그렇고, 이 통로도 그렇고, 마왕군 간부 같은 게 살 것 같은 흉흉한 분위기가 느껴지는데……."

아직도 제레실트 백작의 정체를 모르는 크리스가 정곡을 찌르는 의견을 입에 담았다.

"사실은 악덕 귀족이 아니기는 해요. 그래도 이 성주가 가지고 있는 어떤 물건을 가지고 돌아가지 않으면, 아이들의 목숨이 위험해요. 그것만은 틀림없다고요."

"카즈마의 말이 옳다, 크리스. 이번 목적은 약의 재료를 가지고 돌아가는 거다. 그것만 생각하며 우선해다오. …… 알았지? 제발 부탁이니까 이성을 잃지 마라."

"저기, 두 사람 다 왜 그러는 거야? 왜 나한테 그런 경고를 하는 건데? 이 문 너머에 대체 뭐가 있는 거야?"

크리스가 불안한 표정을 지은 가운데, 나와 다크니스는 고개를 끄덕인 후—

힘차게 문을 열면서 방 안으로 뛰어 들어갔다!

상대는 악마다.

늦은 시간이라고 잠을 잘 리가 없다.

그렇다면 느닷없이 문을 열어젖히며 난입해서 상대가 방

심한 틈에 재빨리 목적을 달성하자는 작전이었다.

우리가 방안으로 뛰어들자, 악마의 힘으로 성에 발생한 이변을 눈치챈 인형탈이 방 한가운데에 당당히 서서 우리를 기다리고 있었다.

"잘 왔다, 침입자여! 여기가 어디인지는 물론 알면서 들어온 거겠지? 후후. 나와 초면인, 정체불명의 침입자여……."

이건 뜻밖이다.

자기 방에서 쉴 때는 저 인형탈을 벗을 거라고 생각했는데, 아무래도 생각이 물렀던 것 같다.

이렇게 되면 일단 저 인형탈을 벗긴 후에 손톱 조각을 빼앗아야만 한다.

게다가 이 녀석의 말투로 볼 때―.

"젠장! 이 녀석, 우리의 정체를 눈치챘어!"

한편 인형탈을 본 크리스가 이렇게 외쳤다.

"조수 군, 어떻게 하지?! 이성을 잃지 말라는 게 이런 뜻이었어? 무리야! 저렇게 귀여운 걸 공격하는 건 나한테 무리란 말이야!"

아냐! 그런 의미가 아니라고!

"어이, 크리스! 방심하지 마라! 저건 겉보기엔 사랑스럽지만, 안에는 끔찍한 존재가 들어있다! 우리의 목적은 그 녀석의 손톱 조각이지! 그 손톱 조각이 코로린 병 특효약의 재료다!"

크리스는 그 말을 듣더니 그대로 움직임을 멈췄다.

"코로린 병 특효약의 재료인, 손톱 조각……."

마치 그 재료가 무엇인지 알고 있는 것처럼 표정이 진지해진 크리스를 향해 다크니스가 외쳤다.

"그렇다, 크리스! 너는 바인드로 제레실트 백작의 움직임을 봉쇄해라! 저 자의 강렬한 공격은 전부 내가 막아내마……!"

다크니스가 그렇게 말하면서 앞으로 나서자—.

"방패의 일족을 쏙 빼닮은 침입자여! 그 마음가짐은 인정해주마! 인간 따위가 내 전력을 과연 얼마나 버텨낼 수 있을지 어디 한 번……!"

인형탈이 자신만만하다는 듯이 두 팔을 펼치고 연극을 하는 것처럼 과장된 움직임을 취한, 바로 그때였다.

나와 다크니스가 말릴 틈도 없이 두 손을 펼친 인형탈의 옆구리에…….

—재빨리 품속으로 파고든 크리스가 양손에 쥔 단검을 깊숙이 박아 넣었다.

"아야아아아아아아앗?! 자, 잠깐……!"

인형탈은 비명을 지르고 자신의 몸에 올라타려 하는 크리스를 밀쳐낸 후, 옆구리에 꽂힌 단검을 허둥지둥 뽑아서 내던져 버렸다.

인형탈의 찢어진 부분에서는 피 대신 거무튀튀한 독기 같은 것이 치익~ 하는 소리를 내면서 흘러나왔다.

"어, 어이, 크리스! 뭐하는 것이냐! 바인드만 걸면 된다! 필요한 건 저 녀석의 손톱 조각이니까, 해치울 필요는 없다! 게다가 악마를 쓰러뜨리면 지옥으로 돌아가 버리기 때문에 몸이 사라지고 만다! 그래서는 손톱을 회수할 수 없단 말이다!"

예전에 아쿠아가 말했다.

에리스는 자기보다도 언데드나 악마에게 더 인정사정없다고……

인형탈이 밀쳐낸 바람에 튕겨져 나갔던 크리스가 아무렇지도 않다는 듯 몸을 일으켰다.

나는 그런 크리스를 뒤에서 꼼짝 못하게 잡았다.

"아잇! 조수 군, 뭐하는 거야?!"

"뭐하긴요! 목적을 잊지 마세요! 필요한 건 저 녀석의 손톱이라고요!"

크리스는 그 말을 듣고서야 정신을 차린 것 같았다.

"참, 그랬지! 해치울 거면 손톱을 뽑은 후에 해치워야겠네!"

아냐! 이 녀석을 쓰러뜨릴 필요는 없다고!

내가 그런 생각을 하고 있을 때 크리스가 가라앉은 눈길로 인형탈을 쳐다보았다.

"그 암살자 같은 사내자식은 대체 뭐냐?!"

"사내자식이 아니라 여자애거든?!"

크리스가 성실하게 반론을 하자 인형탈은 몸을 부르르 떨었다.

"사내자식이든 계집애든 아무래도 상관없다! 방금 그 단검은 매직 대거인가? 아니면 저주가 걸린 아이템이냐? 몸에 닿기만 해도 찌릿찌릿했다! 악마를 죽이고 싶다는 무시무시한 원념이 느껴졌어!"

"성스러운 기도가 담겨있다고 말해주면 좋겠네! 악마를 해치우기 위해 만든 강력한 단검이야!"

그렇게 말하면서 단검을 주워든 크리스가 다시 전투태세를 취하자ㅡ.

"정신줄을 놓은 계집애구나! 너를 보니 강렬한 오한이 느껴지는구나!"

인형탈은 그대로 뒤돌아서더니 등에 달린 지퍼를 과시하듯 우리에게 보여줬다.

"큰일 났다! 인형탈을 벗을 셈이다!"

그 광경을 본 다크니스가 인형탈의 등에 달라붙어서 혼신의 힘을 다해 지퍼가 열리는 것을 막았다.

여성이 인형탈을 꼭 끌어안고 있는 광경이 펼쳐졌지만 딱히 놀고 있는 것은 아니었다.

"내가 바인드로 저 녀석을 묶을게요! 두목이 저 녀석의 날개 부분을 잘라주지 않겠어요?!"

나는 저 인형탈 안의 내용물이 뭔지 알기에 그게 밖으로 나오면 매우 곤란했다.

내가 특별주문품인 와이어를 꺼내들자—.

"카즈마! 나까지 함께 묶어버려도 된다! 주저하지 마라!"

"『바인드』—!!"

나는 다크니스의 지시에 따라 인형탈을 와이어로 옭아맸다.

"큭! 이, 이게……!"

다크니스와 함께 묶이고 만 인형탈은 지퍼를 향해 짧은 날개를 뻗으며 버둥거렸다.

바로 그때였다.

"아뜨……! 으윽……!"

다크니스가 뭔가를 참는 비통한 목소리를 냈다.

지퍼가 아니라 크리스가 단검으로 찔렀을 때 난 구멍을 통해 검은색 촉수 같은 게 기어 나왔다.

그것이 다크니스의 등에 점액을 뿜으며 타이츠에 닿은 순간, 뭔가가 타들어가는 소리와 함께 연기가 나기 시작했다.

나는 허리를 향해 손을 뻗어서 장만한 이후로 거의 쓴 적이 없는 애도(愛刀)를 뽑아들고 인형탈에게 달려들었다.

그리고 다크니스의 등을 태우고 있던 촉수를 잘라내자 그 촉수는 바닥에 떨어져서 펄떡거렸다.

"조수 군, 이 악마는 엄청 기분 나쁘네!"

"안에 든 건 안 보는 편이 나을 거예요! 진짜 구역질나게 생겼거든요!"

그런데 악마의 손톱은 대체 어느 부분이지?

방금 자른 촉수 끝을 봤지만 손톱 같아 보이는 부위는 없었다.

"다크니스, 잠시만 더 버텨! 내가 이 녀석의 손톱을……!"

크리스가 인형탈의 날개 끝부분을 향해 손에 쥔 단검을 휘둘렀다!

"아야아아아아아앗! 젠장, 그 단검은 치워주실까!"

인형탈의 옆구리와 날개 끝부분에 생긴 구멍에서 기어 나온 촉수가, 잘라낸 부분을 주워든 크리스를 향해 뻗어나갔다.

하지만─.

"어이, 촉수를 상대하는 건 크루세이더라는 불문율도 모르는 것이냐!"

아직도 인형탈과 함께 묶여 있던 다크니스는 인형탈에 난 구멍에 손을 집어넣었다.

인형탈 안에서 뭔가가 타들어가는 소리가 들렸다.

그 사이에 크리스가 자신이 잘라낸 날개 끝 부분을 확인하더니─.

"다크니스, 악마의 손톱이 있어! 조수 군, 바인드는 언제까지 유지될 것 같아?!"

크리스는 희희낙락하면서 그렇게 말했고─.

"저, 전력을 다해 펼쳤으니까, 아마 한동안은⋯⋯."

"다크니스~! 지금 내가 단검으로 바인드의 와이어를 끊을 게!"

크리스가 허둥지둥 들고 있던 날개 끝 부분을 던지면서 단검으로 와이어를 자르려고 했다.

"저기, 죄송한데요. 그건 미스릴 합금으로 만든 특별 주문 와이어인데⋯⋯."

"아아아아아아아, 정마아아아아아알~!"

아직도 뭔가가 타들어가는 소리가 들리는 가운데, 다크니스는 울상을 짓고 있는 크리스를 향해 미소를 지었다.

"크리스, 나는 괜찮다. 그것보다 그 손톱을 가지고 카즈마와 함께 먼저 돌아가라."

다크니스는 느닷없이 어울리지도 않는 소리를 했다.

"이 백작은 내 정체를 알고 있다. 화풀이 삼아 능욕을 당할지도 모르지만, 죽지는 않겠지. 그것보다, 빨리 가라⋯⋯!"

다크니스는 진땀을 흘리면서 필사적인 목소리로 호소했다.

울상을 지은 크리스가 단검을 고쳐 쥐고 말했다.

"이 단검으로 마구 찔러대면⋯⋯!"

"그 수많은 구멍으로 촉수가 잔뜩 튀어나올 거예요! 두목, 이 녀석이 시키는 대로 먼저 마차에 가 계세요! 나는 좀 시험해볼 게 있어요!"

나는 그렇게 말한 뒤 짐 안에 있던 어떤 물건을 꺼냈다.

상대가 바닐의 지인인 악마라는 이야기를 듣고 아쿠아에게서 받아온 물건이다.

　"조수 군, 다크니스! 잠시만 시간을 벌어줘! 금방 돌아올게!"

　크리스는 그렇게 말하면서 방 밖으로 튀어나갔고—.

　"다크니스, 아무 손이나 구멍에서 빼! 그 구멍을 통해 인형탈 안에 아쿠아로 우려낸 육수를 부어넣겠어!"

　"아, 알았다……! 하지만 너도 무리하지 말고 빨리 도망가라! 아무리 나라도 이 강렬한 촉수를 상대로는 오래 버티지 못한다……!"

　"아, 아뜨뜨! 뭐야?! 아야야, 몸이 타들어가!!"

　이런 극한상황에서도 왠지 기뻐 보이는 다크니스와—.

　인형탈 안에 아쿠아 물을 쏟아 넣는 나만이 남겨졌다.

　"다크니스, 근성을 보여봐! 네가 체력으로는 이 녀석보다 낫다는 걸 증명해보라고!"

　"알았다! 자, 제레실트 백작! 낮에는 꼴사나운 모습을 보였지만, 이번에야말로 내 힘을 보여주마!"

　"잠깐만, 왜 이 계집애한테서 기쁨의 감정이 샘솟는 거지?! 이, 이상해! 이 계집은 정말 이상하다고—!"

4

액셀로 돌아온 우리는 그대로 고아원으로 향했다.

"조수 군, 조수 군, 고아원에 선배가 있지? 저, 저기, 나는…… 다른 볼일이 생긴 걸로 해줄래?"

아, 맞다.

아쿠아가 있으면 곤란한 거구나.

하지만 눈이 옹이구멍인 그 여신한테 정체를 들키지는 않을 것 같은데―.

"알았어요. 내가 잘 말해둘게요. 이번에는 정말 고마웠어요, 두목."

"응. 그럼 다음에 봐. 그리고 이 애가 너무 무리를 하지 않도록 잘 지켜봐. 그리고……."

크리스는 마차 안에서 곤히 잠들어 있는 다크니스의 머리를 쓰다듬어주더니―.

"언젠가 이 아이에게도 내 정체를 가르쳐줄 수 있는 날이 오면 좋겠네……."

―라고 말하며 배시시 웃은 후 사라졌다.

내가 다크니스가 버티는 사이에 인형탈 안에 아쿠아의 육수를 쏟아 부은 후, 기절한 그녀를 어떻게든 떼어내 보려고 하고 있을 때―.

에리스 님이 나타나서 인형탈을 자근자근 밟아줬다.

무슨 말을 하는 건지 이해가 안 되겠지만 솔직히 말해 나도 잘 모르겠다.

딱 하나 분명한 것은 열 받은 에리스 님은 엄청 무섭다는 점이다.

그렇게 인형탈 밖으로 나오려고 했으면서 에리스 님을 보자마자 지퍼를 열지 못하게 하려고 한사코 저항하는 제레실트 백작, 그리고 밖으로 끄집어내려고 하는 에리스 님의 싸움은 그야말로 장관이었다.

에리스 님은 그 악마 귀족의 잔기(殘機)를 엄청 줄였다며 기뻐했지만, 그 인형탈도 악마라는 점 이외에는 딱히 나쁜 짓을 하지 않았으니 소멸을 당하지 않아 다행이었다.

그 후 나는 크리스의 모습으로 되돌아간 에리스 님과 함께 다크니스를 마차에 태우고 액셀 마을로 돌아온 것이다.

─나는 축 늘어진 다크니스를 업은 채 고아원의 문을 열면서 이렇게 외쳤다!

"약의 재료를 가져왔어! 어이, 아쿠아! 다크니스를 치료해 줘! 실피나는 무사……."

문을 열자─.

"어서 오세요, 엄마······."

대체 어떻게 된 것일까.

문 앞에는 환한 미소를 지은 실피나가 있었다.

"어이."

잠깐만. 뭐가 어떻게 된 거야.

이 애가 왜 이렇게 멀쩡한 거지?

······바로 그때였다.

"아, 아아, 아아아아······!"

나한테 업혀 있던 다크니스가 눈물을 뚝뚝 흘리면서 울음을 터뜨렸다.

어느새 정신이 든 다크니스 또한 이 상황을 눈치챈 것이다.

나는 내 등에서 내려온 다크니스가 실피나를 꼭 끌어안는 모습을 보면서 중얼거렸다.

"뭐, 다크니스도 기뻐하는 것 같으니까 잘된 거라고 생각해도 되겠지만······."

바로 그때, 방 한가운데에 깔린 이부자리에서 다양한 공물과 함께 있던 아쿠아가 말했다.

"어머, 두 사람 다 돌아왔구나! 자, 건강해진 이 애들을 똑똑히 봐!"

대체 뭐가 어떻게 된 것일까.

그리고 왜 바닐이 등에 업은 아이를 어르고 있는 건지, 왜 위즈가 희미해진 채로 바닥에 쓰러져 있는 건지, 왜 메구밍이 지친 표정으로 테이블에 엎드려 있는 건지도 정말 모르겠다.

"어서 와요. 돌아왔군요."

테이블에 엎드려 있던 메구밍이 고개만 들어서 그렇게 말했다.

"어찌어찌 재료를 가지고 왔어. 그런데 어쩌다 이런 참상이 벌어진 거야?"

"그게……. 아쿠아가 아이들을 구하겠다며 이 고아원에 눌러앉아서 전력으로 회복마법을 계속 사용한 결과……. 병에 좀먹히는 체력보다 회복량이 많았는지, 보다시피 다들 믿기지 않을 정도로 건강해졌어요……."

이거, 우리가 안 가도 됐던 거 아냐~?

내가 그런 갈등에 사로잡혀 있을 때, 끈으로 업은 아이를 고정시킨 바닐이 소리가 나는 장난감을 흔들면서 이렇게 말했다.

"재료가 전부 갖춰졌군. 이 더부살이 여자가 없었다면 고아원의 애들 중 절반이 목숨을 잃었겠지. 이 근육 여자의 딸도 건강해 보이지만 몸속은 심각한 상태이니 빨리 특효약을 만들어서 먹이는 게 좋을 거다. 만약 이 공물 강탈녀의 의욕이 바닥난다면 그대로 일각을 다투는 사태가 벌어지겠지. ……어이, 점주! 네가 나설 차례다!"

바닐이 그런 무시무시한 소리를 해서 나는 허둥지둥 인형탈의 손톱을 꺼내어 메구밍에게 건네줬다.

"다크니스, 카즈마. 수고했어요. 뒷일은 홍마족 제일의 천
재에게 맡겨주세요. 밤을 꼬박 세워가며 제작법을 조사해뒀
어요!"

—제조 중—

"아니에요. 이걸 먼저 넣어야 해요. 학교에서 배웠으니까
틀림없어요!"

"어리석은 녀석, 악마의 지식이야말로 이 세상에서 가장
뛰어날 뿐만 아니라 정확하다. 이 몸이 시키는 대로 만들면
전혀 문제없을 거다. ……어이, 사고뭉치. 네 녀석, 지금 뭘
섞은 거지?"

"방해하지 마, 이 얼간이 악마야. 방금 섞은 건 아쿠시즈
특제 아쿠아 물이야. 이걸로 이 특효약도 엄청 파워업이 될
게 틀림없어."

"왜냐! 왜 너는 항상 쓸데없는 짓만 하는 거냐 말이다! 그
리고 네가 완성된 약을 무심코 만져서 물로 바꿔버리면 어
쩔 거지?! 알았으면 빨리 나가라, 이 역신아!"

"여러분, 마도구점의 점주인 제 레시피는 정확해요! 틀림
없어요! 그러니까 제가 시키는 대로……!"

나는 고아원의 문을 열어젖히고―.

"됐으니까, 빨리 만들기나 해!"

목청껏 호통을 쳤다.

에필로그 ——이대로 쭉

액셀 인근의 호수에서 마법의 빛이 찬란히 반짝였다.

"『익스플로전』—!!"

강렬한 섬광과 함께 폭음이 울려 퍼졌다.
동시에 대량의 수증기와 안개가 피어오르더니 호수 위에 무지개를 만들어냈다.

"우와아⋯⋯."

실피나가 그걸 보며 탄성을 터뜨리자, 다크니스가 자애에 찬 미소를 지으면서 살며시 머리를 쓰다듬어줬다.
"방금은 몇 점이었죠?"
"방금 폭렬은 위력이 약간 모자란 느낌이었지만, 병상에서 일어난 지 얼마 안 된 실피나를 위해 일부러 위력을 낮춘 거라고 봐도 되지?"
나는 내 옆에 쓰러져 있는 메구밍에게 확인 삼아 물어봤다.

"맞아요. 진정한 폭렬마법사라면 넘쳐나는 파괴의 힘을 제어할 수 있어야겠죠. 관객이 있다면 그들을 배려하는 게 당연하잖아요."

"폭렬마법을 향한 사랑, 그리고 관객을 향한 배려를 고려해…… 오늘 폭렬은 백점 만점!"

"감사합니다! 감사합니다! 감사합니다!"

쓰러진 채로 나에게 고맙다는 말을 연이어서 하고 있는 메구밍을 약간 질린 시선으로 쳐다보던 다크니스가 나를 향해 이렇게 말했다.

"어이, 카즈마. 너희는 항상 이런 바보 같은 짓을 하는 것이냐?"

"어이쿠, 다크니스. 바보 같은 짓이라고? 너도 아쿠아와 똑같은 소리를 하려는 거야?"

"맞아요. 또 그런 소리를 하면 아무리 다크니스라도 봐주지 않을 거예요!"

메구밍 또한 방금 발언은 그냥 넘어갈 수가 없는지 단호한 어조로 그렇게 말했다.

"좋다. 메구밍의 도전을 받아주지. 자, 얼마든지 덤벼봐라."

"다크니스, 잠시만 기다려 주세요. 이 상황에서 그런 소리를 하는 건 너무 약았잖아요! 아, 하지 마세요! 아아아아, 잠깐만요! 팬티가 보일 거예요! 치마를 걷어 올리지 마세요! 저도 카즈마처럼 변태니스라고 부를…… 알았어요! 항복할게요! 항복할 테니까 그만하세요! 카즈마, 빨리 드레인 터치로 마력을 보급해주세요!"

꼼짝도 못하는 메구밍에게서 항복을 받아낸 다크니스가 말했다.

"그런데 아쿠아는 뭘 하고 있는 거지?"

"폭렬마법의 충격을 이용해 물고기를 잡을 수 있다는 걸 깨달은 것 같아. 요즘 들어서는 자주 우리를 따라와서 물 위에 떠오른 물고기를 회수하더라고."

"아쿠아 덕분에 폭렬마법 스팟이 이 호수로 고정될 것 같아서 좀 곤란한데 말이죠……."

우리는 호수에 들어가 물고기를 건지고 있는 아쿠아를 쳐다보며 점심 식사를 할 준비를 하기로 했다.

오늘 메뉴는 샌드위치다.

다크니스와 실피나가 일전에 나와 아쿠아, 메구밍, 이렇게 셋이서 이 호수에 피크닉을 하러 왔던 것을 부러워해서 이렇게 그때와 같은 메뉴를 준비해봤는데—

"다들, 이것 좀 봐! 생선을 잔뜩 건졌어! 집에 돌아가면 그 사악하기 그지없는 칠흑빛 털북숭이에게 한 마리 정도는 선물로 줘야겠네."

"그 애는 요즘 입이 고급스러워졌어요. 날 생선은 먹지도 않는 데다, 간이 심심한 음식도 안 먹는다니까요. 목욕을 할 때마다 따라오지를 않나, 아쿠아의 세탁물을 보면 발톱으로 할퀴죠. 대체 요즘 들어 왜 그러는 걸까요……."

"잠깐만 있어봐. 내 세탁물에 뭘 어째? 그 애는 왜 나만 싫어하는 건데?"

마력을 공급받은 메구밍이 인원수만큼의 꼬치에 생선을 꽂아서 구울 준비를 했고, 나는 다크니스가 모은 장작에 틴더로 불을 붙였다.

그런 우리를 본 실피나는 부모님의 캠핑에 따라온 아이 같은 얼굴로 구워지고 있는 생선을 뚫어져라 쳐다보았다.

"내가 물에 들어가서 생선을 건져왔으니까, 가장 큰 걸 먹어도 되지?"

"잠깐만요, 아쿠아. 건져온 사람은 아쿠아지만, 해치운 사람은 바로 저예요. 가장 큰 건 이 파티 최고의 거물인 제가 먹어야 하지 않을까요?"

"저기, 그럼 제 생선을 절반만 나눠드릴까요……? 저는 많이 먹지 못하니까……."

"안 돼, 실피나. 어릴 때는 잔뜩 먹어둬야 해. 안 그러면 메구밍처럼 영양분이 부족해서 비쩍 마른 몸을 가지게 될 거야."

"오오, 말 한 번 잘했어요! 가장 큰 생선을 누가 먹을지는 완력으로 정하자는 거군요? 좋아요! 받아주죠! 얼마든지 덤벼보세요!"

애들처럼 다투는 그 두 사람을 보면서 떨어진 곳에 있는 잔디밭에 드러누운 나는, 물고기가 다 구워질 때까지 낮잠을 자기로 했다.

그리고 다크니스가 다투고 있는 두 사람을 즐거운 듯 쳐다보면서 내 옆에 앉더니―.

"고맙다."

그녀는 나를 쳐다보지도 않고 불쑥 그렇게 말했다.

"그렇게 너를 지키겠다고 말해놓고, 결국 이번에도 도움을 받고 말았구나."

다크니스는 왠지 즐거운 말투로 그렇게 말했다.

"이번만이 아니라 앞으로도 그럴걸? 요즘 들어서는 너희를 돌보는 걸 반쯤 운명으로 여기고 있거든. 뭐, 저 애를 구했으니 됐어. 게다가 오랜만에 모험가다운 일도 했잖아."

나는 팔을 베개 삼으면서 눈을 감은 채 그렇게 말했다.

"……혹시나 해서 묻는 거다만, 너는 진짜로 로리콤이 아닌 거지?"

"인마, 진짜로 확 날려버린다?! 내가 로리콤이 아니라는 걸 네 몸으로 증명해줄까?!"

내가 벌떡 몸을 일으키고 그렇게 외치자 다크니스는 웃음을 흘렸다.

"어차피 그럴 배짱도 없지 않느냐."

이 녀석…….

"내가 득달같이 달려들지 않는 건 이유가 있어. 나에게는……. 아니, 이 마을의 남성 모험가에게는 든든한 아군이 있거든."

그렇다. 바로 그 누님들이 있었다…….

"그래? 그럼 언젠가 그 이유라는 것도 가르쳐다오. 네가 실은 어떤 사명을 가지고 이곳에 왔는지도 말이다. 그리고 겸사겸사 크리스의 정체도 가르쳐줬으면 한다."

다크니스는 또 고개를 돌리더니 다른 이들을 쳐다보면서 그런 소리를—.

"어?! 뭐야. 너, 크리스의 정체 운운할 때 깨어 있었던 거야?!"

"당연하지. 나는 이 마을에서 최고의 방어력과 체력을 자랑하는 크루세이더다. 그런 내가 쭉 뻗어있을 리가 없지 않느냐. 크리스한테는 언젠가 시간을 듬뿍 들여서 설교를 해줄 거다."

그렇게 말한 다크니스는 여전히 나한테서 고개를 돌린 채 웃음을 흘렸고—.

"……아아, 역시 나는 스스로가 생각하는 것 이상으로 너를 좋아하는 것 같구나……."

개운함이 묻어나는 쓴웃음을 지으며 그렇게 말을 이었다.

……이, 이러지 마. 또 눈물이 날 것 같단 말이야.

"저, 저기, 나는 메구밍을……."

"알고 있다."

다크니스는 내가 말을 끝까지 잇기도 전에 그렇게 말했다.

"나는 너희보다 나이가 많은 데다, 귀족이다. 어른스럽지 못하게 억지로 빼앗거나, 너희를 갈라놓을 생각도 없다. 무엇보다 나 스스로가 그런 것을 원치 않는다. 하지만……."

한손으로 머리카락을 쓸어 올린 다크니스가 드러누워 있는 나를 향해 기습적으로 얼굴을 내밀더니―.

"이런 장난 정도는 쳐도 괜찮겠지?"

"이, 인마……!"

첫 번째만이 아니라, 두 번째도……!

다크니스가 장난을 치는데 성공했다고 말하는 듯한 표정을 짓자, 그녀에게 완전히 휘둘린 나는 복수 삼아서 이렇게 말했다.

"인마, 때와 장소는 좀 가려. 뒤를 좀 보라고."

"뭐?"

다크니스는 내 말을 듣고 뒤를 돌아본 후 그대로 딱딱하게 얼어붙었다.

그곳에는 구워진 생선을 다크니스에게 건네주러 온 실피나가 눈을 치켜뜬 채 부들부들 떨고 있었다.

"어, 엄마……! 죄, 죄송해요. 제가 그만……."

"기, 기다려라, 실피나! 이건……!"

그 옆에는 내 몫의 생선이 꽂힌 꼬치를 쥔 메구밍이 붉은 눈동자를 반짝이고 있었다.

"고백을 하는 건 괜찮지만, 애정 행각을 벌이라고 말한 적은 없거든요?! 애를 남한테 맡겨두고, 남들 몰래 밀회를 즐

겨요?! 이 사람은 진짜 타고난 색골이군요!"

"하, 하지만……! 하지만……!!"

여전히 마무리가 어설픈 다크니스가 금방이라도 울음을 터뜨릴 것 같은 표정을 지으며 변명을 늘어놓았다.

"알려야 해……! 다크니스가 카즈마 씨를 덮쳤다는 걸, 빨리 다른 사람들에게 알려야 해……!"

"아, 아니다~! 아니, 아닌 건 아니다! 아, 아무튼 기다려라, 아쿠아! 가면 안 된다!"

마을을 향해 뛰어가는 아쿠아를 다크니스가 허둥지둥 쫓아가는 가운데, 나는 그 모습을 보면서 소망할 수밖에 없었다.

"왠지 하렘 계열 주인공 같은 이런 상황도 괜찮은 것 같네. 지금까지 여러모로 고생하기는 했지만, 역시 나는 꽤 운이 좋은 편일지도 몰라."

"이 남자는 정말……!"

이 녀석들과의 이런 생활이, 이대로 쭉 계속되기를―.

■작가 후기

12권을 구매해주셔서 감사합니다.

요즘 들어 요리를 하게 됐습니다.

백숙, 카레, 스튜, 죽 등 메뉴도 늘려가고 있습니다.

전부 끓이기만 하면 되는 요리라는 소리를 들을 것 같습니다만, 의외로 이런 요리들은 냄비만 있으면 해먹을 수 있다는 것을 깨닫고 감탄을 금하지 못하고 있습니다.

어느 날 느닷없이 이세계에 보내질 때에 대비해, 냄비는 항상 가지고 다니는 것을 여러분에게도 권하고 싶군요.

이번 권은 다크니스 편이었습니다.

영락없는 러브코미디가 되었습니다만 제대로 된 러브코미디는 다른 작품에서 다루고 싶으니, 이것보다 더 달콤쌉싸름한 전개가 벌어지지는 않을 거라고 생각합니다.

예전에도 비슷한 말을 했던 것 같으니까 이 약속이 지켜질 거라는 기대는 하지 말아주셨으면 합니다.

아쿠아가 요즘 들어 존재감이 없습니다만 그녀가 활약할 기회도 곧 찾아올 거라고 생각합니다.

아쿠아가 전면에 나설 때부터 클라이맥스가 시작됩니다.

뭐, 그렇다고 아쿠아가 히로인 같은 활약을 선보이지는 않겠지만 말이죠.

이 책이 발간되었을 즈음에는 시간적으로 여유가 생길 테니 마지막 전개를 정성들여서 짜고 싶습니다.

텔레비전 애니메이션이 끝난 후에도 게임을 비롯해 다양한 작품이 나올 예정이니, 그쪽도 기대해주셨으면 합니다!

이번에도 미시마 쿠로네 선생님을 비롯해, 담당 편집자이신 S씨, 그 외에도 많은 분들 덕분에 이 책을 무사히 낼 수 있었습니다.

이번 권은 하마터면 펑크가 날 뻔했을 정도로 작업이 지체되는 바람에 평소보다 더 폐를 끼친 점을 진심으로 사과드립니다. 죄송합니다. 죄송합니다……!

벌써 12권입니다만 잠시만 더 많은 분들에게 폐를 끼치게 될 거라고 생각하니 미리 사과를 드릴까 합니다.

그와 동시에 관계자 여러분에게 감사 인사를 드립니다.

그리고 무엇보다, 이 책을 읽어주신 모든 독자 여러분에게 진심으로 감사드립니다!

아카츠키 나츠메

후기

이번 편의 다크니스는 그야말로
사랑에 빠진 소녀 그 자체네요……!!
보고만 있어도 가슴이 콩닥거렸습니다.
파이팅, 라라티나~!!

저기, 다크니스.
남들 앞에서 그런 짓을 하는 건
좀 문제라고 생각해.

잠깐만! 그건 뭐랄까,
분위기에 휩쓸린 바람에……!

아무리 분위기에 휩쓸렸어도,
어린아이 앞에서
느닷없이 그런 짓을 하면
어쩌냐고요, 이 아가씨야!

아아아, 아니다! 아니지 않지만, 아무튼 아니……!

참고로 나는 **피해자**예요.

너너너, 너……!

어? 저기, 카즈마. 마을의 분위기가
좀 이상하지 않아?

이 마을은 언제나 이상했다고.
그것보다 신기하네. 위즈가 엄청 허둥대고 있어.

아쿠아 님,
도와주세요!

COMING SOON!!

이 **멋진**
세계에 **축복**을! **13**

■역자 후기

　안녕하십니까. 근로청년 번역가 이승원입니다.
　『이 멋진 세계에 축복을!』 12권을 구매해주셔서 진심으로 감사드립니다.

　새해가 시작되고 벌써 한 달이 지났습니다.
　그야말로 순식간에 지나가버린 한 달이었습니다.
　일 때문에 일본에 다녀오고, 친구 결혼식에 참석하러 서울에 다녀오니 1월이 그대로 지나가버렸더군요.
　그리고 정신을 차리고 보니 2월 설 연휴가 코앞까지……!
　엄청 고대했던 몬스터 사냥 게임(^^)도 거의 켜보지 못했는데, 벌써 시간이 이렇게 지나가 버렸군요.
　하지만 제 스케줄을 보면 봄까지는 게임하기 힘들 것 같습니다.
　30년 지기들의 게임 같이 하자는 유혹에 제가 언제까지 버틸 수 있을지 자신이 없습니다.ㅜㅜ

　그럼 본편에 관한 이야기를 해볼까 합니다.

스포일러가 포함되어 있을 수도 있으니 본편을 읽지 않으신 분들은 유의해주시길!

이번 권은 전체적으로 러브코미디 느낌으로 전개되었습니다. 카즈마에게 적극적으로 대시하고 있는 메구밍. 그리고 자신의 마음을 깨달은 다크니스. 이 세 사람의 삼각관계를 중심으로 이야기가 진행되고 있죠.

그리고 신 캐릭터인 실피나가 등장하면서 그들의 애정전선도 급박하게 흘러가……는 듯 했으나, 메구밍의 대인배(?) 기질이 폭발하면서 이야기는 전체적으로 원만하게 흘러가고 있습니다.

역시 메구밍! 역시 미소녀 육성(?) 라이트노벨에서 존재감 없기로 유명했던 공기 히로인과 이름 한 글자만 빼고 다 똑같은 히로인답습니다! ……그리고 그 캐릭터는 후반부에 캐릭터성이 찬란히 빛나면서 고유의 매력이 활짝 꽃피죠! 금발 절벽 가슴 히로인에게 1권 표지를 빼앗기고, 흑발 롱헤어 글래머 연상 히로인에게 툭하면 치이면서 고생만 했는데도 말이죠.ㅜㅜ

과연 메구밍도 초성이 똑같은 그 히로인과 같은 길(?)을 걷게 되려나요?

저도 독자 여러분과 마찬가지로 앞으로의 내용이 정말 기대됩니다!

그럼 이만 줄이겠습니다.

L노벨 편집부 여러분. 항상 재미있는 작품을 맡겨주셔서 감사합니다. 앞으로도 잘 부탁드립니다.

고기 무한리필에 중독(?)된 악우들이여. 왜 우리는 모임 때마다 각종 다양한 음식점을 거론해놓고, 결국 마지막에는 고기 무한리필집에 가는 걸까……. 역시 고기의 마력은 무한대! 인 걸까? 흑흑ㅜㅜ.

마지막으로 언제나 제게 버팀목이 되어주시는 어머니와 『이 멋진 세계에 축복을!』을 읽어주신 모든 분들에게 진심으로 감사드립니다.

위즈에게 뜻밖의 수난(?)이 발생하는 13권 역자 후기 코너에서 다시 뵙겠습니다!

2018년 2월 초
역자 이승원 올림

이 멋진 세계에 축복을! 12
여기사의 자장가

1판 1쇄 발행 2018년 3월 10일
1판 10쇄 발행 2024년 9월 13일

지은이_ Natsume Akatsuki
일러스트_ Kurone Mishima
옮긴이_ 이승원

발행인_ 최원영
본부장_ 장혜경
편집장_ 김승신
편집진행_ 권세라 · 최혁수 · 김경민 · 최정민
커버디자인_ 양우연
국제업무_ 박진해 · 조은지 · 남궁명일
관리 · 영업_ 김민원 · 조은걸

펴낸곳_ (주)디앤씨미디어
등록_ 2002년 4월 25일 제20-260호
주소_ 서울시 구로구 디지털로 32길 30, 코오롱디지털타워빌란트 1301-1308호
전화_ 02-333-2513(대표)
팩시밀리_ 02-333-2514
이메일_ lnovellove@naver.com
ㄴ노벨 공식 카페_ http://cafe.naver.com/lnovel11

KONO SUBARASHII SEKAI NI SHUKUFUKU WO! Volume 12 ONNA KISHI NO LULLABY
ⓒ2017 Natsume Akatsuki, Kurone Mishima
First published in Japan in 2017 by KADOKAWA CORPORATION, Tokyo.
Korean translation rights arranged with KADOKAWA CORPORATION, Tokyo.

ISBN 979-11-278-4405-9 04830
ISBN 979-11-278-4330-4 (세트)

값 7,000원

일반공격이 전체공격에 2회 공격인 엄마는 좋아하세요? 1권

이나카 다치마 지음 | 이이다 포치, 일러스트 | 이승원 옮김

“이제부터 이 엄마와 함께 실컷 모험을 하는 거야.”, “맙소사…….”
고교생 오오스키 마사토는 그렇게 염원하던 게임세계로 전송되지만,
어찌된 영문인지 그의 어머니이자
아들이라면 껌뻑 죽는 마마코도 따라오는데?!
길드에서는 「아들의 연인이 될지도 모르는 애들이니까」라는 이유로
마사토가 고른 동료들에게 면접을 실시하고,
어두운 동굴에서는 반짝반짝 빛나는데다.
무릎베개로 몬스터를 재우는 걸로 모자라,
전체공격에 2회 공격인 성검으로 무쌍을 찍는 등
아들인 마사토가 질릴 정도로 대활약을 하는데?!
현자인데도 유감스런 미소녀 와이즈,
치유계 여행 상인인 포타를 동료로 맞이한 그들이 구하려는 것은
위기에 처한 세계가 아니라 부모자식간의 정.

제29회 판타지아 대상 〈대상〉 수상작인
신감각 모친 동반 모험 코미디!

백수, 마왕의 모습으로 이세계에 1~3권

아이아츠시 지음 | 카츠라이 요시아키 일러스트 | 김장준 옮김

한창 즐겼던 게임이 서비스 종료를 맞이한 날.
홀로 대보스를 토벌하고 사기급 능력을 입수한 요시키는
낯선 장소에서 눈을 떴다.
마왕으로 착각할 만할 중2병 장비를 걸친
자신의 캐릭터, 카이본의 모습으로!
심지어 갈피를 잡지 못하는 그의 앞에
요시키의 세컨드 캐릭터, 엘프 류에가 나타나고⋯⋯?!
그녀와 둘이서 생활하는 동안 그는 알게 된다.
자신이 이 세계에서 신화 수준의 영웅으로 전해져 내려온다는 것을—!

마왕의 모습으로 세계를 누비는
유유자적 여행기, 개막!!

현자의 손자 1~4권

요시오카 츠요시 지음 | 키쿠치 세이지 일러스트 | 최승원 옮김

사고로 죽었을 청년이 갓난아기의 모습으로 이세계에서 환생!
구국의 영웅 「현자」 멀린 월포드에게 거둬진 그는 신이라는 이름을 받는다.
손자로서 멀린의 기술을 흡수해가며 놀라운 힘을 얻게 된 신이었지만,
그가 열다섯 살이 되자 할아버지는 이렇게 말했다.
"상식을 가르치는 걸 깜빡했구만!"
이런 이유로 신은 상식과 친구를 얻기 위해
알스하이드 고등 마법학원에 입학하게 되는데—.

『규격 외』 소년의 파격적인 이세계 판타지 라이프, 여기서 개막!

© Junki Hiyama 2016
Illustration Yomi Sarachi

현자의 검 1~3권

히야마 준키 지음 | 사라치 요미 일러스트 | 이은혜 옮김

판타지 세계를 동경하며 살아온 소년.
그는 『엘더즈 소드』라는 게임이 좋아서 계속 반복해서 플레이했다.
그 중에서 가장 마음에 든 캐릭터, 전사 루온을 열심히 키웠다.
어느 날, 소년은 갑자기 의식을 잃게 되었고— 정신을 차려보니
그곳은 게임 속 세계에, 심지어 소년 자신은 루온이 되어 있었다.
그는 이상향이 눈앞에 펼쳐진 사실에 경악하고 흥분했다.
그러나 그와 동시에 깨달았다.
게임 속 루온은 죽기 위해 존재하는 캐릭터라는 것을—
그리고 마왕이 루온이 있는 대륙을 침공한다는 것을…….
루온은 이야기가 어떻게 진행되어도 수정할 수 있도록 힘을 키우기로 했다.
루온은 많은 결의를 가슴에 품고 마왕과의 전투에 몸을 던졌다.

『소설가가 되자』 대인기 판타지!!

L NOVEL

타케하야 지음
뽀코 일러스트
원성민 옮김

23

© Takehaya
illustration Poco
Originally published by HOBBY JAPAN

단칸방의 침략자!? 1~23권

타케하야 지음 | 뽀코 일러스트 | 원성민 옮김

소년 사토미 코타로가 홀로서기를 위해 찾아낸 단칸방.
부엌 욕실 화장실 포함에 월세는 단돈 5천엔.
어느샌가 그 방은 침략 목표가 되었다?!

'미소녀', '유령', '외계인', '코스플레이어' 그 누가 상대라해도

"너희에게 이 방을 넘겨줄 수는 없어!"

단 한칸의 방을 걸고 벌어지는 침략일기. 시작합니다!

TV애니메이션 방영 화제작!!

NOVEL

라이트노벨의 새로운 빛! ㄴ노벨의 신간은 매월 10일에 발매됩니다. http://cafe.naver.com/lnovel11

여동생만 있으면 돼. 1~8권

히라사카 요미 지음 | 칸토쿠 일러스트 | 이신 옮김

여동생 바보인 소설가 하시마 이츠키의 주변에는
언제나 개성 넘치는 녀석들이 모여든다.
사랑도 재능도 헤비급이지만 아쉬운 미소녀의 최정상인 카니 나유타.
사랑에 고민하고 우정에 고민하고 미래도 고민하는 청춘 3관왕 시라카와 미야코.
귀축 세금 세이버 오노 애슐리. 천재 일러스트레이터 푸리케츠—.
각자 방황과 고민을 안고 있으면서도 게임을 하거나 여행을 가거나
일을 하며 떠들썩한 하루하루를 보내는 이츠키와 주변 사람들.
그런 그들을 따뜻하게 지켜보는
완벽 초인 남동생 치히로에겐 커다란 비밀이 있는데—.

『나는 친구가 적다』의 히라사카 요미가 펼치는
청춘 러브 코미디의 도달점, 드디어 개막!!
TV 애니메이션 방영 화제작!!!